與地球共生息

释证严 著

序

大海中的一滴水

释证严

放眼天下,灾难如此频仍,许多人认为这是"温室效应"、"全球暖化"等问题所引起。其实灾难的发生,是人祸在先,是人类先破坏了山林,才导致惨重的水患与土石流灾情。

所谓"山林",无林不成山,山有生机,人才能安居,只有复原山之自然生态,做好环境保护,人才能平安健康地生活在其中。而地球上的万象万物,都有其自然与平衡的法则——气候干旱时,需要雨露滋润;天气炎热时,需要微风送爽……万物共生共荣,世界才能平安。若能依顺道理,自然一切如意顺畅。

想想看，台湾地区两千多万人口，全球七十多亿人，每个人若能省下一杯水、珍惜一件物命，可以省下多少资源，而且地球资源有限，还有多少可供取用呢？所以环保意识要彻底执行，就从我们自身开始！

从一九九〇年开始呼吁环保，二十多年来，慈济人将环保理念付诸行动，除了做资源回收，平常也随身携带环保杯、环保碗筷，减少使用免洗餐具，避免造成地球的污染。而慈济志业体的建筑设计，也坚持"绿色建筑"理念，包括污水储存、雨水回收设备，着重环保及资源再利用；慈济在九·二一大地震后，所认养的五十一所"希望工程"学校建筑，也无一例外，因为地球上点点滴滴的资源，都要非常珍惜。

我们应该要感恩地球供应资源，使我们的生命得以延续；我们更有责任为子孙保护资源，使他们能过着充足的日子。若是一再透支资源,等于是损害地球的生命,好比人的体力,如果透支,就容易伤害身体、缩短寿命。环保观念需要大力推动,以全球七十几亿人口来说,假如光是慈济人去做,的确好像大海中的一滴水。

不过,我们宁愿做大海中的一滴水。所以我很感恩全球许许多多的环保志工,以疼惜地球的心来肤慰大地。

慈济从慈善做起,为的是净化人心,使天下无灾难,但这么多年来,我们到底净化了多少人心呢?放眼天下,灾难如此之多,更感觉自己的渺小,不知何时才能真正将"净化人心"的声音,彻底散播到每一个角落,让每个人都能听到,将人人本有的那颗爱心启发出来?虽然许许多多慈济人不惜一切付出去推动,大家都如此尽心尽力了,但是被启发的与尚未被启发的比例,仍然相去甚远,我怎能不心急?

尽管如此，期待人心净化、社会祥和、天下无灾难，这是我创立慈济近五十年来，年年不变的心愿。因为人心一定要先净化，这世间的纷争才会止息。

我常说我有三不求——不求身体健康，但求精神敏睿；不求事事如意，但求毅力勇气；不求责任减轻，但求力量增加！净化人心是如来家业，虽然担子很重，我们不能逃避这份责任，必得提起勇气克服困难，才能达到净化人心的目标。

佛典中有个小故事，一只小麻雀看到森林着火了，就用翅膀沾水想要灭火，许多动物笑它自不量力，但是小麻雀仍然坚持尽一己之力，不断来来回回想用翅膀的水滴熄灭森林大火，其情可感，终于感动了天神降下大雨，扑灭这场大火。

我们的声音虽然微弱，但仍要继续努力，浊流再怎么汹涌,只要清流不断,持续灌溉,久而久之,我相信,这洼浊水终究会变清。

请大家把握现在,落实在自己的心里,并推广到家庭、社区,真正虔诚地动起来,把每个人内心最清净的爱发挥出去,善业共聚——将每个人的善业累积在一起;好人愈多,所处的地方就愈吉祥。就如在黑暗的室内点一盏烛灯,会有微光,再点一盏又更明亮些,点了千千万万盏,室内就会大放光明;要大放光明,不能缺少任何一支蜡烛!

所以,我需要每个人的力量,不能缺少任何一个人,期待众人广结善缘,带动身心灵环保,在此世浊混乱时,才能去乱象致祥和。

灾难像一记记的警钟,人人若能因此启发悲心,愿意去肤慰受伤的大地与人心,那么黑暗的尽头,光明就在望了。

【序】大海中的一滴水　释证严　1

卷一：站在世纪灾难中

敬天畏地
成住坏空　16

大三灾与小三灾　18

地球老了　20

龙卷风　24

国土危脆　26

帮助大地母亲疗伤　28

虚空有尽我愿无穷　30

今天，是过去的结果
谈古论今　36

全球暖化　40

气候异常　42

天子一怒伏尸万里　44

填不满的鼻下横　46

目录

四大不调
地大不调　52

水大不调　56

火大不调　58

风大不调　60

水是大生命
挑一桶水　64

一辈子没洗过澡　66

老阿婆省水　68

村庄变成大鱼池　70

山脉与水脉　72

惜水　74

让地球静养生息
生命共同体　78

台湾地图要重画　80

土石流　82

自我环保　84

永远来得及　86

卷二：带动全球做环保

一手动时千手动
慈济环保缘起　92

最昂贵的贫民区　96

疼惜地球就是疼惜自己　98
宾士车载回收物　100

惜福爱物
爱惜物命的住持　104
回魂纸　106
用心就是专业　108
废弃物品现良能　110
资源回收　112
纸的分类　114
医护大地的良方　116
不要丢就不用捡　118
住在垃圾山　120
街头巷尾好修行　122

草根菩提，人间菩萨
最爱看的电视节目　126
最美的手与感人的脚　128
百岁人瑞做环保　132
网咖阿嬷　134
环保断恶习　136
被回收的人生　138
码头旁的鳗伯　140
身病心不病　142
单掌叠纸箱　144
市中心的萤火虫　146

环保日不落
小琉球——全岛做环保　150
菲律宾——推动垃圾分类回收　152
加拿大——热心参与清洁活动　154
美国纽约——放下身段诚恳付出　156
约旦——皇宫也有回收站　158
马来西亚——资源回收助洗肾中心　160
美国圣地亚哥——拥抱地球的菩萨　162

慈济环保情
废土变成储水槽　170
扩建大殿与观音殿　172
会呼吸的连锁砖　174
工地人文　176
随身三宝　178

今天，是未来的历史
化学成分吞下肚　182
年轻世代接棒　184
心室效应　188
环保五化　192
以身作则　196

卷三：净化身心灵

当瘟疫来临
警世的觉悟　202

编织爱的保护网　204
用斋戒来祝福　206
世上刀兵劫　210
爱人类也要爱动物　212

蠢动含灵皆有情
折翼鸟　216
有灵性的鸭子　218
海豚救人　220
毒素从口入　222
长养慈悲心　224

心素食仪
健康食　228
素食工地　230
带着热便当出门　232
吃出卫生　234
新"食"器时代　236

大体环保
人体多元捐赠　240
只有使用权没有所有权　242
身体最消福　244
真正的拥有　246

心灵环保
心地的水土保持　250

四季不分明　252

脾气影响天气　254

净心灭五毒　256

五浊恶世　260

感恩祝福消灾祸　264

三不求　266

超级心灵飓风　268

破碎的地球

佛陀洒净图　274

善恶拔河　276

心都空掉了　278

清流破浊流　282

净化人心弭灾难　284

附录

附录一　静思精舍做环保　288

附录二　落实环保建筑　292

卷一：站在世纪灾难中

随着人心三毒"贪、瞋、痴"炽盛，
造成天灾人祸频传，无数生命饱受威胁，
应验了佛陀二千多年前预示的劫难。

100个疼惜地球的思考和行动

每回我说到"走路要轻,怕地会痛",
心里就已经很痛很痛了。
看看最近几年全球的大灾难……

敬 天 畏 地

成住坏空

世间境界万物无常,有所谓"三理四相"。"三理"就是物理、生理、心理;物理四相是"成、住、坏、空",生理四相是"生、老、病、死",心理四相是"生、住、异、灭"。

所谓物理,就是宇宙天地万物的道理。在物理上,整个宇宙星球大地都有"成住坏空"四相,世间既有"成"之时,地球、星球便有其生存的期限,在时间的长流中,终有一天也会灭亡。地球是在什么时候开始有的呢?佛陀说:"过去没有的,后来有了,所以叫做'成',也就是从一开始生成到万物具足前的这段时间。随后众生共住、万物俱全时,就是'住';当万物具足时,器世间会再转变成'坏',也就是遭受破坏,破坏到了尽头即成'空'。"

THINKING 1

整个宇宙星球大地
都有"成住坏空"四相，
世间既有"成"之时，
地球、星球便有其生存的期限，
终有一天也会在时间的长流中灭亡。

在宇宙之间，地球之上，只要看得见的物质，都有成、住、坏、空的时刻；人的身体也相同，有生、老、病、死的期限；而人的心理有生、住、异、灭。这"三理四相"的变异，推究其因，是人的心理不平衡，使本来的真如本性、清净的善念受无明扰乱，也影响了天地宇宙、生理健康。

大三灾与小三灾

世间会毁灭,来自于大三灾与小三灾。

在坏劫时期,世界会出现大三灾——水、火、风三种灾害;更有小三灾——饥馑、瘟疫、刀兵劫不断发生。威力之大,能毁坏有情世间一切众生。

而近百年来,随着人心三毒"贪、瞋、痴"炽盛,造成天灾人祸频传,无数生命饱受威胁,正应验了佛陀二千多年前所预警的劫难。

大三灾是大自然的灾难,小三灾则多数来自人祸。

小三灾中的"饥馑",起于天候不调和。全球温室效应加剧带来严重干旱,田地无法耕作;有的地方则是水淹良田,农作尽失。如非洲南部、埃塞俄比亚、中美洲等几个国家,处于

THINKING 2

众生共业啊!
有形的灾难不可怕,
心灵的灾难才是真可怕,
人心如果没有照顾好,
这种破坏的速度将会愈来愈快。

严重缺粮甚至断粮的困境,全球有数亿人口三餐不得温饱。

"瘟疫"方面,二〇〇三年的"严重急性呼吸道症候群"(SARS)如隐形杀手般潜伏且蔓延全球,而世纪黑死病——艾滋,也威胁着千万人的生命。

"刀兵劫"也就是战争。随着军事科技进步,只要启动一个按钮,就能毁伤无数人的生命。要在旦夕间毁灭人类,确实是轻而易举。

众生共业啊!这股业力若继续往恶的方向走,实在不堪设想。然则天灾起于人祸,有形的灾难不可怕,心灵的灾难才是真可怕,人心如果没有照顾好,这种破坏的速度将会愈来愈快。

地球老了

地球也老了,就像人一样。人有生、老、病、死,出生以后,就一步步靠近死亡;地球的活动也有成、住、坏、空,形成之后稳定运作,接着是慢慢毁坏,最后消失归零。

人老了,身体慢慢会有败坏的时候;而天地的成、住、坏,就是它慢慢衰老的时候。大家常常说天长地久,相对于人类短暂的寿命,地球生成、存在宇宙的时间,确实比人类历史要更长更久,几十年相对于几十亿年,的确是天长地久。

但是,时间的巨轮推动宇宙改变,地球有其生为宇宙一员的自然变化,另一方面,地球上的人口愈来愈多,时代愈来愈进步,对立、竞争、追求、破坏亦正加快速度。人类贪求生活的享受,对大地予取予求,不择手段愈演愈烈,然而大地无

THINKING 3

地球也老了,就像人一样。
人老了,身体慢慢会有败坏的时候;
而天地的成、住、坏,
就是它慢慢衰老的时候。

言,无法控诉人类无情的破坏,也无能力抵挡,只能眼睁睁看着自己身上的血肉,因人类戕害而一块块崩塌、坏死。

天盖地载之中,人类与万物生存其间,头顶着天,脚踏着地。土地载育万物,大地的母亲实在是忍辱负重,生养万物却不求回报,动植物因为她而繁茂,人类仰赖她以繁衍族群,并以聪智雄霸万物。

大自然的一切生物若能自然的生,自然的灭,这个大地就能永续顺畅运行。不过,很不幸的,问题还是出在人类身上;人类,自称是万物之灵,其实,是万物的病毒,人类是这个大宇宙间所有的生命界中,深藏万恶剧毒的瘤。

人类制造了化学污染、空气污染、水质污染,整个土地拜人类所赐,寸寸含藏毒素与危机,自称万物之灵的人类,难道不像宇宙大生命中的毒瘤吗?

从前的土地可以自然过滤、分解毒素,以前没有自来水,每个人都是屋前沟里的水就取来用,晚上舀起来,倒在水缸里放个明矾,隔天水清了就能使用。有的人家比较仔细还加过滤程序,使用沙子、石头、棕榈,几道手续过滤下来十分干净,就能放心饮用。

现在早已经没办法这样了,过去有大地母亲的庇护,毒的进来她吸收起来,干净的再提供给人类,这是过去的大地。现在她已经疲惫了,已经没那能力将毒素吸纳起来,已经没能力分解过滤。万物赖以成长的植物、作物还是一样吸收这样的土分、这样的水分,然后长出遭受感染的五谷杂粮。

我们若能好好想一下,真的大地的运作都乱了,气候乱、万物生长也乱,这都是起自人的聪明,人人都说人定胜天,是人类的造作乱了天地。很令人担心,我们的大地母亲已经老了,已经疲惫了。因为在大地上人类的毒念,已经将它破坏得四分五裂,它已经没有能力可以庇护大地众生,不知大地的子女何时才懂得悔改,懂得回头弥补母亲的创伤?

所以,我常说,走路时脚要轻,踏上土地要怕地会痛。每次我讲到这里,心都很痛,因为这片土地,任凭万物以及人类来践踏,甚至不断破坏,不断毒化,结果已经惹来生活所需的五谷杂粮都遭受破坏,不知道什么时候不再有一口纯净的粮食,到时候人类就要断粮了。

这样的时代可能会很快来临,而现在已经在发生了。

龙卷风

天灾，实在是令人很无奈。二〇〇五年，美国陆续发生多起风灾，从八月底的卡特里娜飓风开始，一波又一波，印第安纳州和爱荷华州也陆续发生龙卷风，风速之强，瞬间就造成大灾难。

龙卷风的路径扫过了五百多间民房，每一户都被夷为平地。房子就像薄纸般被吹走，有的人瞬间被抛到空中，风势经过之后，抬头一看，树上挂着尸体。那种风力之大，令人很难想象。不仅造成受灾户死伤，无家可归的人也很多。

龙卷风来时，有一位八十多岁的老人家，被卷到五百多公尺的高空，又被甩到地上，却幸运存活下来。年纪这么大，竟然受得住这样的风力，有时候人的生命力是很强韧的。

THINKING 4

龙卷风的路径扫过之地,
都被夷为平地。
房子就像薄纸般被吹走,
有的人瞬间被抛到空中。
风力之大,令人很难想象。

天地间国土危脆,生命的危脆也在呼吸间。有的韧力很强,受到这么大的摧毁,仍可活过来。但同样一阵风过后,树上就挂着尸体,真是感觉到很不舍,真的很不忍心。

天之下,地气不调就是地震;风气不调就是飓风、龙卷风;水气不调,就造成大洪水。在同年十一月,看到巴基斯坦的南部,又有恐怖自杀式的爆炸案。这种引爆,都是人的脾气不调所导致。

现在的时代,一切都在不调和中。气候不调、心灵不调,都只是一股气。风如果不调,过分了,它就会对大地、天气,发起了大脾气,生活在当中的人,总是那样的不能平安。

面对许许多多的不调,我们更需要将人的心调好。以共同一颗爱心,散发温和的和气,温暖的和气,将那种爱释放出去,世间才真有希望。

国土危脆

近几年来,全球各地天灾频传——地震、水灾、火灾、风灾。很多幅员辽阔的国家,美国、澳洲、加拿大等,只要引发山林大火,干燥的树林经常一烧数月,面积动辄上万公顷,非天降大雨难以止熄。

现在的台风也和过去不同,时常挟带过于充沛的水量,一来袭就不可收拾。一九九四年的桑达台风,还没登陆就对日本的琉球、九州造成很大灾难。两三天的时间内,日本除了台风以外,五个钟头内发生两次六七级的大地震。

水灾、风灾、地震,同一个时间在日本发生,让我们有一种生命共同体的感觉。同样的一个气流,是不是和我们有关系?是不是和日本有关系?是不是和大陆有关系?其实整个

THINKING 5

地球各处天灾地变,
印证了佛经中坏劫的预示。
整个地球是生命共同体,
任何一个地方有灾难,
全世界都会产生影响。

亚洲或是菲律宾等地这一带,都息息相关。

在美国,几年来常传出连续龙卷风或超强飓风,世界强国的美国地大物富,但也不堪一而再、再而三的大灾难。再看到台湾地区,每到夏季就要担忧崩山、走山。的确,地球各处天灾地变,印证了佛经中坏劫的预示。

佛陀告诉我们,国土危脆、人生无常,一颗心无时无刻不吊在半空中,总是担心四处灾情。

于是想到幼时在防空洞躲空袭时,飞机在天空丢炸弹,有很多女人就在那里祈求观世音菩萨、妈祖婆,怎么不将炸弹偏到海里去!其实,我的心境就像那样,好像在半空中,一直觉得这些雨为什么不下到海面上去,让山区、陆地减少雨量。

我常常对大家说,整个地球是一个生命共同体,人与人的生活会互相产生效应。不是自己平平安安、没损失,就不管别人如何,其实任何一个地方有灾难,全世界都会产生影响。

帮助大地母亲疗伤

古人说："敬天畏地。"的确,我们要敬天如父,尊重大地如母。天地生养万物,人依万物而生存,我们的地球在四十六亿年前形成,说来已经很高龄了,我们应该都要知道,她承载万物、滋养万物,是众生的母亲,然而,现在已是伤痕累累。

如果一切生物能顺应自然法则,地球还能忍辱负重,继续养育天地万物,然而人类肆无忌惮的破坏,使得地球正快速步向毁坏。过去,都是大地将不好的部分吸收起来,默然忍受人类无穷尽的破坏,可是人类的贪念,已让地球变得千疮百孔,犹如生了重病,当病情发作,即使有心庇护万物也力不从心。

ACTION 6

不论是砍伐山林、滥垦土地,
或是与海争地,
都是违反自然法则的行为。
人类头顶天、脚踏地,依赖天地生养,
必定要"敬天畏地",尊重大自然!

就如母亲一直受到子女的折磨,仍然用韧力忍耐着,但是,经年累月,她承受不了,终至累了、病了、垮了。

人生长在大地上,活在空气中,我们的生命与大地是共同体,大地需要我们用爱去疼惜,应该让她保持最自然的状况,自然就是自然,海是海、山是山,人何必与山、海争地呢?不论是砍伐山林、滥垦土地,或是与海争地,都是违反自然法则的行为。人类头顶天、脚踏地,依赖天地的生养,必定要"敬天畏地",尊重大自然啊!

如何帮助大地母亲疗伤、恢复元气,使其能再庇护众生呢?我们都该自我反省,唯有顺天理、顺人伦道德,以爱来呵护,才能使大地重新恢复健康。

虚空有尽我愿无穷

我出家时就一直在想,佛陀出生在人间是为了救世,但要怎么救世呢?我想应该要先救心。若人人的心都净化了,就会相互敬爱、相互尊重,自然而然家庭和睦、邻里和睦、社会祥和。这么多年来,我的努力就是在此。

现今我们处在坏劫时期,也就是末法时代。什么叫做末法?道理已经不住于人心,道德观念已经沉沦在人心的末端,就叫末法。爱心人人本具,但是人能为善,也能为恶,善、恶在每个人的内心拔河;善心、爱心如果强盛些,就能把贪念压倒。

记得初出家时,看到"众生共业"这句话,内心很震撼!人说"积善之家必有余庆",心中有一善就能破千灾,所以,当

ACTION 7

救世的方法,要从救心开始。
爱心人人本具,
但是人能为善,也能为恶,
善、恶在每个人的内心拔河;
善心与爱心若强盛些,就能压倒贪念。

时我有三十位会员,我要她们每天投五毛钱进竹筒,作为救人的基金。

有人就说:"师父,不要每天投五毛钱,我一个月缴十五元好不好?"

我说:"不好。"

"一天五毛钱,三十天就是十五元,有什么不一样呢?"

"不一样,因为你一天投五毛钱,每天就会记得:今天要做善事,日行一善。"

"原来是这样啊!"

于是,她们拎起菜篮子去买菜,就很自然的向菜贩说:"少称一点,我要省五毛钱。"

菜贩就问:"省五毛钱要做什么?"

"要救人啊!"

"五毛钱哪能救人?"

"师父说点点滴滴集中一起,力量就会大,就能救人。"

菜贩听了就说:"那我每天也要省五毛钱,也可以救人。好,以后你每天来收,我也要每天投五毛钱。"于是,买菜的人省五毛钱,卖菜的人也捐五毛钱,每天在菜市场里都有爱的循环,每个人都很欢喜,慈济就是这样做起来的。我战战兢兢,如履薄冰,展开慈善救济的工作,无非是要汇集众人的爱心,尤其每个人每天早上起来投下五毛钱时,就会想到:"我要做救人的事。"那么整个家庭都会很吉祥和乐。

然而,我的心愿是要净化人心,但要到什么时候才会完成呢?看看世间大、小三灾频仍,人心沉迷在纷乱暴戾中,地球正加速崩毁,能不叫我心急吗?

那种内心的着急,实在无法形容,有人说:"一步八脚印*,师父的脚步踏得好快。"但是我觉得还不够,希望这一辈

---

*慈济志业包括"慈善""医疗""教育""人文"四大志业;另投入国际赈灾、骨髓捐赠、社区志工、环境保护,故云"一步八脚印",今称"一步八法印"。

子能做八辈子的事情,而且还要快一点,还觉得来不及,还觉得不够!因为天地之大,人口之多,人心处在浊气污染中;这么重要的时刻,我不知道到底要用多少时间,费多少力气,才能真正消弭这一股浊气。

不过,能让我宽心一点的是,有这么多慈济人,帮我说、帮我看、帮我出力,有这么多人来响应我的呼吁,真的很感恩!就像及时的春风吹来,而这阵阵春风就是希望,这群人间浩荡长的菩萨队伍,无不都是我的希望。

一切善恶唯心所造,地、水、火、风四大调和与否,均受无形的法则所主宰。到底是什么法呢?是"心法"!

所以,虚空有尽,我愿无穷,期待所有的人类在性灵上都能超越提升。

"戒"是人的根本、生活的规则，
现代人心不依循人理，
所以天时、气候也不按天理。

今天，是过去的结果

谈古论今

岁月不留人,时间不断过去;人不断衰老,世事也不断变迁。

四五十年前的台湾社会是多么的纯朴,生活也很简单。虽然当时的物质生活不是那么丰富,但是大家很节俭,也很甘愿做,都很认命。

那时候的家庭,那时候的社会,那时候的生活,虽然物质不是很丰富,不过,感觉起来真的是人的生活,人的环境,人的生态。现在再回想起来,若要我来选择,到底是那时比较好,还是现在比较好?我就要问:如果是你们的选择呢?

那时候做父母的虽然很操劳,不过那时候做人的子女,

THINKING 8

法譬如水,
要赶快用清净如水的善法,
将普天下之无明欲火熄灭。
自己先修身,把心境美化了,
才有办法带动邻里,祥和社会。

也是很认分。当时的人没有节育观念,而且农业社会需要劳力,所以一个家庭往往有许多孩子,最平常的就是两年一个,两岁的就要照顾小婴儿,四岁的就带一岁的,这样一个一个带下来。

那时候孩子一多,母亲多不出手来照顾,往空咸菜桶里一丢,让孩子自己去玩,他也会长大。

以前的人,长兄如父,那种家庭的伦理,父就像天,母就像地,所以那时做人子女的人,都是敬天畏地的。天底下没有不是的父母,所以对父母孝敬,对兄弟兄爱弟敬。

比较年轻的人,可能会说我这都是过去的事了;年龄跟我差不多的,可能还是记忆犹新。若让我选择,我要选择那个过去我所记忆的时代,感觉起来,人伦道德真正是很顺畅的循环。

那时候的人很爱面子,知廉耻。现在如果去看看社会上,会觉得现在的年轻人怎么会这样呢?现在的人怎么那么开放,开放得真是没有样子。

难怪许多佛教的大德法师,发愿要来世间教化众生。

你看地球已经达到七十亿人,很快就会八十亿,很快。

众生,人类在地球上不断破坏,人心不断作乱,走入死胡同,一年不如一年,道德观念的恶化,实在是很可怕。

所以我一直提倡要净化人心。

"法譬如水",要赶快用清净如水的善法,将普天下的无明欲火熄灭。

我们要好好照顾好自己,先将心顾好,把心境美化了,然后我们要精进,自己先修身,然后齐家,才有办法来带动邻里。

带动我们的邻里,才有办法让社会祥和,带动更多人爱的力量,爱的气象。

人家说的福气,就是人人有造福的心。什么叫做造福的心?就是为善,如果有一个人来做善事,那就多一分的福。唯有这个福的气流愈大,才有办法破除邪恶业力的效应。

全球暖化

　　近几年来,时常听到因"温室效应"而导致的许多灾难,探究气候反常的种种肇因,人们实在应该有所省思啊!

　　《法华经》中,佛陀把这世界比喻为火宅,如今的地球,的确就像火宅,眼见耳闻都是令人心痛的灾难。在这个时间与空间,生活、生态的变动,已经对整个大环境造成极大的影响。

　　人类破坏生态环境,使得地球温度升高,"温室效应"加剧导致冰山迅速融化、海水涨高,土地相对下沉;再加上化学污染、空气污染、水源污染等。许多破坏大自然的污染,连臭氧层都破了洞,甚至四季的天候紊乱,看我们所吃的青菜、水果,有的本来是冬天才生长的,现在夏天也有了。这其实是

THINKING 9

现今地球就像是火宅,
人类破坏生态环境,使得地球温度升高,
"温室效应"加剧导致冰山融化、海水涨高,
甚至四季的天候紊乱,
万物失去正常生长的规则。

万物失去了正常生长的规则。

"戒"是人的根本、生活的规则,亦即道德伦理轨道,现代人心不依循人理,所以天时、气候也不按天理。

此外,为了满足口欲的快感,人们以化学饲料大量喂养动物,化学饲料不但破坏动物与人体的健康,其中的化学成分也污染了大地;而土地被大量开垦以种植牧草及畜养动物,于是树木大量减少,致使空气难以净化、土石流难以预防……

诸多原因促使全球不断暖化,而这一切,都来自人的欲念。

气候异常

不忍心地球受毁伤,更不忍心众生受苦难。人世间同样的一片天地之下,气候却异常的不调和。有一年,南半球是大雪灾,北半球却是大水灾,水、风、雨都很不调和。

长长的车队困于风雪中前进不得,又饥饿又寒冷,造成开车司机暴死在半路上,这都是天气不调造成的遗憾;虽然是冬天,但是这样的寒冷太过严酷,脆弱的人体终究还是受不了。不仅是人,万物也会受毁伤。

阿根廷的大风雪,的确是历年罕见。再推近亚洲,台湾地区跟大陆,也看到了这样的异常气候。近年来,台湾的豪大雨常造成近海口地区大水淹漫,然而天气放晴后,因为排水不良,水还是没办法消退。但是那一种豪雨不是因为台

THINKING 10

同样一片天地之下，
气候异常的不调和。
向来气候炎热的南半球起了大风雪，
北半球却是大水灾。

风、也不是梅雨，为什么一下就那么多天？而且那样的超豪大雨量，的确也是很异常。

大陆也是一样，在华南、华东一带，好几条大江河时常暴涨，造成许许多多的省与县淹大水，房屋倒塌、人民死伤，数目很难计算。而未来，还会淹没多少的土地，乡、县、省，到底人民还要受多少、多久的苦难？人常常都会很逞强地说，人力能胜天。真的不要这样想，我们应该要去探讨为什么有这样的气候异常，更要用心去分析，为什么一下雨就排水不良，应该要好好地探讨。

看见地球受灾难，我们都很心疼，很不忍心这个地球受毁伤，更不忍心这么多的人受灾难。看到这么多的灾情，的确心里也禁不住颤动，真的实在是看得很不忍心。无论是严寒或酷热，大水或是大旱，都是不调和的毛病。

天子一怒伏尸万里

二〇〇三年,美国与伊拉克发生战争之事,我的印象仍很深刻。当时我人在台中,忽然接到黄思贤居士从美国打电话来说:"战争要开打了。"听到这句话,好心疼!一下子就想到小时候躲空袭警报的情景。

那一次刚放学回家,路上就听见空袭警报,大家赶紧躲进防空洞。空袭结束后出来一看,整个街道面目全非,附近的房子倒成一片,再抬头一看,电线杆上挂了很多手脚、肚肠,鲜血淋漓。有些妇女就说:"观音妈,为什么不灵验,怎么不把炸弹推到海里去?"那时候一位穿着唐衫的白胡子老人说:"不是观音妈不灵验,是众生太不听话了,观音妈已经哭到眼泪都干掉,还哭出血来……"

这幕景象铭刻在我幼小的心灵,直到现在还很清晰。

THINKING 11

战争,这种灾难不是天灾,
是人祸,由人的心念所造成。
少数人的决定破坏了多少人的家园与亲情?
领导者要能让一步、宽一寸,
国家才能平安祥和、无灾无难。

《梁皇宝忏》有一句忏文:"天子一怒,伏尸万里。"战争总是造成许多人员伤亡,所以听到战争的消息,我就像是一个被判死刑的人在读秒,心情十分惶恐。

还记得埃塞俄比亚也是因为连年内战,再加上干旱,导致严重饥荒,有很多人饿死。慈济人亲自踏上那块土地勘灾,当地不但交通不便,而且物资奇缺,简直民不聊生。

战争之后,无辜的老百姓总是最大的牺牲者,有谁能弥补他们的苦难?拔除他们的苦痛?谁能真正关心他们?战争带来的毁灭性是很残酷的,不论战争结果如何,遗留下来的残破家园,都是由百姓承受。所以,每得知哪里发生战争,"天子一怒,伏尸万里"这句忏文就会再度浮现。

战争,不是天灾,是人祸,虽然只是几个人的心态,影响却很大。因此,一个家庭的主人心平气和,这个家就会平安;一个国家若要平安祥和、无灾无难,国家的主人就要有宽大的爱心,让一步、宽一寸。

填不满的鼻下横

我常常想,为什么大自然的气候,会变化得如此快速呢?因为人口增加得很快,我们的生活也改变得很快。

一九六六年,慈济功德会刚成立时,台湾人口有八百多万,到二〇〇四年,则是两千三百多万;而当时全球才三十多亿人口,到二〇〇四年已经加倍,有六十三亿多人。

因为大地,我们才能够种植作物,人人都依这片土地而生活,但是人口愈多,所消耗的资源就愈大,吃、穿、用……等等,都在这片土地上生产。

人的呼吸是吐垢纳新,树木、花草则是吐新纳垢。

THINKING 12

人们永远填不满的,
就是"鼻下横"——嘴巴。
从小到老,不知道吃了几车的盐、米,
还有人一天四餐、五餐,甚至满汉全席,
不论吃多少,到底增加了什么?

人呼出去的二氧化碳,植物会吸收;它们吐出来的氧气,则由生物界吸收。但是树木却不断遭受砍伐,人们砍伐树木除了造纸、做家具以外,还有许多人为了养牛、养羊供人类食用,而伐树种牧草,导致许多热带雨林的消失。

根据统计,生产半磅牛肉的资源,可以挽救四十个饥饿中的儿童;换句话说,将养牛过程中所要消耗掉的水、草、谷物等,换算之后所得的产量,可以提供给四十个饥饿的孩童。将这样的统计类推下去,就可以知道饲养一只牛所要耗用的能源有多少!

每一个人来到地球,都会对地球有损伤,多一个人多一分浊气,多一分排泄物,多耗一分资源饲养牛、猪、鱼、鸡、鸭等,以供人类食用。动物被当作食物,愈养愈多,耗用的资源也愈多,遂造成恶性循环。

人们永远填不满的就是"鼻下横"——嘴巴。从小到老，我们不知道吃了几车的盐、米，有人一天四餐、五餐，甚至还有满汉全席……不论吃多少，全都是从口中进入，对人而言，到底增加了什么？其实再怎么吃，也是这样而已。

　　除了家禽以及鸟类难逃毒手，看看地球上有多少珍禽异兽都被追杀殆尽，假如不是为了满足人类的口欲，它们可以在森林里悠哉生活。可是人无所不吃，这么多残酷的手段，的确令人无法解说"人"这样的动物。所以，天灾难道不是人类所造成的吗？

　　有人问："现在气候为何这么异常？"跟人有关。"为什么灾难会那么多？"也跟人有关。"为什么地球一直被破坏？"这也跟人有关！

　　为了追求物质生活享受，人类破坏自然，也加速了大地的老化与毁坏。宇宙的无数生命中,唯有人类会伤害大地,就如同导致人体疾病的"病毒"。

人类常自称是"万物之灵",其实是"万物的病毒"啊!

天地万物，
无不是由地、水、火、风四大组成，
四大能调和，
万物才能茂盛。

四大不调

地大不调

在每天早晨心静下来时,内心的世界与身外的环境,应该都很明朗。若感觉顺畅,身体就平安。"气"虽无形,却离不开有形的四大。

什么叫做"四大"?即地、水、火、风。天地万物之间,无不都是由这四大组成。

所有坚质的物质都属于"地大",地底下有水,大地上有温度(火)、空气(风),四大能调和,万物才能茂盛。

平常无事时,大地上一望无垠,看来好像很坚固,其实很脆弱。回想起一九九九年台湾九·二一的大地震,仍然感到惊心动魄。当我到南投去勘灾时,一路上所看见的山脉景象,让人不忍卒睹,原本青翠的山,突然变得赤裸裸,一望无际都

THINKING 13

人类为了一念贪心,滥砍林木,
造成水土保持失调,
导致一下大雨就发生土、沙、石
全部滚下来的恐怖景象,
继续下去,过几年可能连整座山都要失去。

是枯黄的颜色;以前南投的风光是多么的优美,却在地震的瞬间,对人与土地造成如此大的灾难。

而道格台风过境台湾时,同样对南投地区造成很大的灾难,那时我到信义乡勘灾,看到的是山崩地裂,我们走路必须不断的闪避裂缝、壕沟,有时跨不过去,几乎要用跳跃的方式过去,人们说"柔肠寸断",应该就是这样。

有位欧巴桑说:"想不到只是一个晚上而已,我们家就像开了一条水沟,整个都裂开,园地也跑到山下去了。"一位较年轻的太太说:"一早起来时,门一打开,我们家前面五分多的地全不见了。"我问:"不见了?到哪里去了?""跑到隔壁人家的门口。"五分多地的梅子园,一夜之间就移到另一户人家门口。我又问:"原来那户人家门口的土地呢?"她说:"他的土地移到山下去了。"若不是我亲自听到,亲眼看到,任谁都很难相信,山竟然会转向移位。

为什么只是一场大雨也会造成这许多灾难呢?因为人

类为了一念贪心，滥砍林木，甚至将整座山都开垦来种槟榔、蔬菜、水果，造成水土保持失调，导致一下大雨就发生土石流，土、沙、石，整个全部滚下来的恐怖景象，也让人记忆犹新。这种情况若是继续下去，再过几年，我们可能连整座山都要失去。

除此之外，有一次开文化志策会*时，各主管也提到内蒙、新疆一带的土地沙漠化很严重，尤其在冬末及春季时，特别容易引起沙尘暴。沙尘一吹漫天黄沙，大陆许多省份都是灰蒙蒙一片，还吹到大陆许多地区，甚至影响了台湾、日本等地区。

大爱电视台有一个关于发菜的公益广告，其中提到吃发菜会导致沙漠化的情况愈来愈严重，原因就在于发菜生长在植物的根部，必须用耙子将植物的根挖起来才能摘取，

---

*文化志策会：即"慈济文化志业策进会"，现已简称为"人文志策会"。——编者注

而根一旦被挖起，可能几十年都不会再生长出来。大陆内蒙古即是盛产发菜的地区，过度的开采，加速了这些地区的沙漠化。

我们应该有警觉心，类似像发菜这类对环境影响甚巨的食物，不吃为宜，莫贪图口腹之欲而损伤大地！

水大不调

炎热的气候中,听到清凉的雨声,感觉很舒畅,也很期待;但是过度的豪雨,也会令人担忧。

近年来常发生气候反常的现象,下个大雨,就酿成水高半楼的水灾。为什么?天灾总是从人祸开始。几十年来,人们一直砍伐山上的树木,地球上许多雨林也逐渐消失。若是树林广大,大雨来时,雨水会洒落在树叶,再从树干到树根,由树根保护大地。所以,雨来了,它会慢慢渗入土地,涵养储藏起来。

但是树木被砍伐后,树根也都被挖掉了,雨一来,就没有树林可以接收保护,大雨直接冲刷地面,表面水土一下子流失了,就变成土石流。水下来、土下来、石头翻滚下来,一直流泻出去,最后堆积在溪床上,几来下年,溪床不断涨高。

THINKING 14

树林减少的结果,
形成山上土石流,山下溪床高,
有些地方雨水排不出去,
下个大雨,就酿成水高半楼的水灾。

年纪大一点的人都记得,以前看到每一条溪里都有水。溪水是活的,会一直流动,所以很清澈。那是因为雨落在山里,山里的泥土再慢慢释放,水就慢慢从上游到下游;所以溪里常常有水在流动,溪水会比较清澈。

当时的溪床也比较深,水容易流动。更重要的是,那时的工业还没有那么发达,人口也没有这么多,所以,大自然的运作很顺畅。现在因为人口多,大家生活竞争,百业竞争的结果,人与大地争、与自然争,所以不断砍伐山林,将木料外销。树林减少的结果,造成一下雨就形成土石流,山上土石流,山下溪床高,大雨一来容易溢流、溃堤,有些地方雨水排不出去,沿海海水又倒灌,淹水灾情只能雪上加霜,财产的损失不计其数,人员的损伤亦时有所闻。

我们既然对这块土地有这样的伤害,现在大家知道伤害大地的原因,就应该开始做回馈的工作,让受伤的大地有复原的机会。

火大不调

　　现在的气候,温度不断升高。二〇〇三年,欧洲发生严重的干旱、高温及热浪,法国、西班牙、意大利和葡萄牙等地,更引发森林大火,令忧心的前天主教教皇约翰·保罗二世,出面带动教徒诚心祈雨。同年,加拿大的森林大火连续延烧一个多星期,空中的灭火无效,地上的灭火也没有用。当地学者提出,除非连续降下大雨,才有办法灭火,因为人工的灭火早已经力不从心。

　　二〇〇五年,慈济为伊朗地震灾区兴建五所学校。动土时,从前在大爱电视台服务的马俊人先生前去采访,回来后听他说起,当地四月份的温度竟高达摄氏四十七度。我不太能感受四十七度到底有多热?他举了个例子,手机放着,电话来了,要去拿起

THINKING 15

四月份的温度竟高达摄氏四十七度,
手机放着,要去拿起来听时就被烫到。
一般人感冒发烧若达到四十度,
神经系统就几乎要受损了,
何况在大自然中热到这样的程度。

来听时就被烫到了,这样我们大概就能体会到那个温度。

一般人感冒发烧,若是达到三十九度、四十度,神经系统就几乎要受损了,何况在大自然中热到这样的程度,这就是火大不调。

干旱、森林大火,同样也是水大与火大不调,若是加上风势助阵,那就是再加上风大不调。整个地球的气流、气候一直在变,所以造成了天灾,水、火、风三大灾,是天然的灾害,却也是人祸造成的;天地之间气候不均匀、人心不调,总而言之,罪的源头都是来自于心。

所以在天地宇宙之间,最重要的就是"调和"。能调和才能平安,不能调和,就会导致灾难。因此,期待大家守护好自己的一念心,守好本分,多做一些好事,好好节约资源,才能告别灾难。

风大不调

二〇〇一年七月三十日，桃芝台风登陆台湾，一夜风雨，造成多少家破人亡，东部与中部灾区满目疮痍，这场灾难不下于九·二一大地震，而且两者之间实有很大的关联。

九·二一地震后，山地土质松动，在复建的过程中，常有违反自然的情况，加上满山遍野种植槟榔树等浅根植物，水土无法保持，这些人为的破坏，加重了受灾的程度。

当时花莲的光复乡大兴村也因为风灾造成土石流，掩埋了十多户民宅，约两百位灾民暂时被安置在大兴国小活动中心与教室内。许多救灾单位与慈善机构都在此驻站救护灾民，慈济也设了服务站，提供膳食及医疗。

教室外的走廊到处是人，志工们正忙着填写灾情评估表

ACTION 16

一夜风雨,
造成多少家破人亡,
虽然灾区满目疮痍,
但是灾民多,救难人员也多,
台湾人的爱心毕竟还是很浓厚。

以及应急金发放名册。我进去教室看看大家,有位阿伯哭着说:"家中十四口人只剩四人,十个人失踪了,现在只找到四具尸体……"这样的遭遇,怎不令人心酸!

灾民多,救难人员也多,有许多阿兵哥头戴斗笠,脚上穿着长筒胶鞋来帮忙救灾,还看见消防人员以及其他慈善机构的爱心人士,在此进进出出帮忙,台湾人的爱心毕竟还是很浓厚。

我一早起床洗脸时，
都是先将一个小小的水盆放在水槽里，
将洗脸后的水用来洗手，
再用来冲马桶。

水是大生命

挑一桶水

地球有多大？土地有多广？能供给我们的资源又有多少？平时随手可得的东西，人们往往在不知不觉中浪费掉；等到失去了，才知道原来如此宝贵。例如水资源——

"水"是日常生活必需之物，水土保持得宜才能保障万物生命。

记得当初我离家到鹿野时，常到马路对面去挑水。挑水非常辛苦，难以一口气就直接挑到厨房炉灶旁，总是在挑了一段路后，要停在大树下稍做休息、喘口气。

所以每次到了鹿野，不由自己就会对那几棵大树多看几眼。如今回想，那桶水实在不好挑啊！

以前的人因为挑水很辛苦，用水也就很节俭；现在的人

Action 17

"水"是日常生活必需之物,
水土保持得宜才能保障万物生命。
平时随手可得的东西,
人们往往在不知不觉中浪费掉;
等到失去了,才知道原来如此宝贵。

只要水龙头一转,就有水流出来,相对的也比较不珍惜。许多人光是洗个手,在打开水龙头后,就任由水大量流出,清洗轿车及家庭用品时,也损耗相当多的水量,直到发生水荒,必须限水、停水时,才能体会水资源的重要。

知福、惜福的意义是,不论使用什么东西,都应心存一份爱来疼惜,尤其在宇宙之间,水是万物的大生命,长养大地万物都需要水,没有水,人无法存活;水脏了,人也会失去健康。

很久以前,我就一直呼吁要节约用水,我自己一早起床洗脸时,都会先将一个小小的水盆放在水槽里,将洗脸后的水用来洗手,再用来冲马桶。地球的人口不断增加,用水就会增加;但我们只要有一颗疼惜的心,以全台湾两千多万人来说,每个人省下一杯水,就能节省多少水资源。

请大家对水要疼惜啊!

一辈子没洗过澡

　　大陆甘肃的气候非常干燥,四处是一片片的黄色沙土丘,可想而知,在这种光溜溜的山土上,就算有机会下雨,水也一下子就流失了。当地妇女必须走很远的山路去挑水,以供应全家的生活用水。

　　单单是挑水,来回就要两三个钟头,挑来的还是非常混浊的水。而挑水回家的第一个动作,先用这个水漱个口,接着就此漱口的水用毛巾洗个脸,然后这桶水还要用来洗菜、洗抹布、擦桌子、煮饭等。

　　这就是他们的生活,一年三百六十五天都一样,想要喝一口水,一定要这样翻山越岭。有的人甚至在一生中,几乎没有洗过澡,如果要洗澡,只能用三杯水,一杯洗脸部,一杯

T HINKING 18

欧美人称水为"给水",含有恩赐的敬意;
日本则称"上水",表露珍贵与珍视的感恩;
在台湾,却叫做"自来水"。
大家若能有饮水思源的感恩心,
自然就会珍惜水源。

擦前胸,一杯洗脚。

这就是没有水的苦难。

在发现甘肃严重缺水的困境后,我们在一九九四年协助他们兴建水窖,利用雨季来临时的雨水,将雨水接引至水窖里,囤积起来,让当地人可以利用这些储存的水来过生活,解决长途挑水的艰辛。

但是在台湾,只要扭开水龙头即有洁净的水可用,大部分人不太能体会缺水的窘境,甚至不加珍惜而任凭流失,可知台湾也是全球缺水地区之一啊?

欧美人称水为"给水",含有恩赐的敬意;日本则称"上水",表露珍贵与珍视的感恩;在台湾,却叫做"自来水",顾名思义,仿佛轻易可得,自动就会来。然而,水,它真的能自动就来吗?

我们能有水用,是花了多少人的智慧和力量,盖水库、接水管等都不是容易的事,大家若能有饮水思源的感恩心,自然就会珍惜水源。

老阿婆省水

老来,也要过"老可爱"的人生。有位八十多岁的阿婆,虽然没受过什么教育,可是开口都是好话,还会用行动来劝世。

她是一位非常惜福的环保志工,一生中走过很多坎坷的路途,但每一步都是踏踏实实走过来。她呼吁大家要多做善事,她说人本来都有劫数,有业障,来到世间就是要好好趁着有生命的时间,好好地做好事,她常常都是这样劝世。听听看,多富有哲理的一席话啊!

她还很节俭,看到她穿着漂亮洋装,开心地说:"我这件漂不漂亮?美不美?这件已经穿了二十几年了。"穿着上,她也很自由很自在,反正就是个惜福的人。而且更重要的是,她不断叮咛大家要省水,如果不好好省水,将来就没水可喝了。

THINKING 19

我们能缺少水吗?
没有水能活下去吗?
现在缺水已经变成世界性问题,
很多干旱地区没有水,
导致地上的杂粮无法种植耕耘。

　　她如何节省水呢?她家里脸盆摆了满地,装着可以重复使用的水。她还示范给大家看,身上流汗有汗臭味,用毛巾搓搓擦擦就可以了,不必浴缸泡澡费事费水。她说现在的年轻人都不懂得水的来源,从前的人都要担水。的确,还记得小时候在乡下,同样看到大人在挑水,确实很辛苦。

　　其实我们能缺少水吗?没有水能活下去吗?不能。所以我们应该要珍惜水资源。何况现在缺水已经变成世界性问题,很多干旱地区没有水,导致地上的杂粮无法种植耕耘。

　　常说"杯水可以成缸",若是每人能省下一杯水,倒在一起就是整缸的水;我也常说"粒米成箩,滴水成河",大家多节省,就可以集成很多的资源。

　　的确要呼吁大家重视水资源。阿婆说:"水是大生命。"听了阿婆说的话,大家和我又学了一课——"水是大生命"。

村庄变成大鱼池

一九九六年赫拔台风,造成台湾嘉义东石乡豪雨成灾以及海水倒灌,大水淹及膝盖以上;等到雨停了之后好长一段时间,积水仍未消退。

那次我和一些医师及慈济志工们去勘灾,发现整个村庄都泡在水里,居民仍然生活在污水中,许多人得了皮肤病,甚至引发蜂窝性组织炎,大部分都是因为泡在脏水里引起的。

我觉得纳闷:为什么过了这么久水还排不出去呢?当地因为地层下陷,海平面比土地还要高出很多,每次一下雨,雨水无法排出,整个村庄就像座大鱼池,人与房子都被陷在水中。

追究地层下陷的原因,起于东石乡多数人以养殖为业,

THINKING 20

台湾中、南部地区沿海地带,
超抽地下水的情况很严重,
已经透支二十年左右的水,
再继续这样下去,
地下水总有一天会被抽干。

因应鱼塭*需要,长年累月不断从地下抽取水源,久而久之,超量抽取的结果,不但造成地层下陷,也引发地下水枯竭、土质盐化的恶果。

土地变化所及,不只东石乡,根据新闻报导,台湾中、南部沿海地带超抽地下水的情况异常严重,早已经透支了二十年左右的水量,将近三百多亿吨,甚至已经抽到五万年前蓄积的地下水层,或是抽到海水。再继续这样下去,地下水总有一天会被抽干,而人类生存对水源的需求岌岌可危。

地下水储积愈少,土地下陷会愈严重,不只破坏土地及生态,也造成人类的危机,因缘果报,最后还是回到人的身上。

---

* 鱼塭:即养鱼场。——编者注

山脉与水脉

　　台湾历年来不断凿山开路,切断了大山自然的水脉,破坏山土涵养水分的功能,蕴藏在山土中的水源大量流失,这对大地水土的毁伤实在很严重。

　　想想看,人的血管如果阻塞时会发生什么后果?显而易见容易导致中风。而水脉若被阻断,降雨无法宣泄,年年就有山洪暴发的危机。

　　为了交通、物流、观光便利而建设道路,一直往山里开发,当山脉被开膛破肚后,水脉也就跟着断了。现在有些水库只要一段时间没下雨,水位就会明显下降,发出恐怖警讯。那么,从前的水位是如何保持的呢?正因为有山脉就有水脉,山若凿空,水脉也就断了。现在一下雨就容易发生土石

THINKING 21

土地就像一个人的身体,
在身体上不断挖洞,等于不断毁伤它,
而水脉断了,
就像人体血管中的动、静脉被切断一样,
怎么能保得住生命!

流,土石流的泥沙淤积让河床不断增高,河床增高又会加速水灾发生,水灾发生就有人命和财产的损失,明显的都是恶性循环。

土地就像一个人的身体,我们在身体上不断挖洞,等于不断毁伤它;而水脉断了,不就如人体血管中的动、静脉被切断一样吗?这样怎么能保得住生命!

除此之外,一心想要交通便利,处处开路的结果,也带来了不堪设想的后果。以前若有其他国家发生传染病,不会很快传播开来,但现在因为交通便利,世界任何一角发生传染病,都能藉由飞机、汽车等交通工具快速传染至全球,这些都是人类求便利所要付出的代价。国际间如此,生活在同一块土地上,疾病传播的速度将更迅速。

生存于天地间,除了要感念父母恩、众生恩,也要感恩珍惜大自然的和风、太阳与地层水土。如果人人能以爱心呵护大地,保护地质才能保护水质,"水"的危机也才能有所转机。

惜水

前两年,台湾有个台风过门而不入,真的是万幸,很感恩。它带来了一些雨量,让南部的农夫好开心,趁着雨水他们赶快耕种,那些农夫是那样地欢喜。农夫得水,水要刚刚好,过量也是很烦恼;雨水下,也要下在对的地方,下错了地方同样也是烦恼。

同样的这一阵雨,农夫开心可以及时播种,但高雄市内却淹水,所以也很烦恼。水要能够下得恰恰好,还要真正下对地方,最重要的是气流要刚好。

以基隆为例,记得以前小时候,基隆可以说没有三日晴,几乎都在下雨,但是现在已经变了,有时几十天没半滴水,就算有也是毛毛雨,无法提升水库的蓄水量。

Action 22

以前的人因为挑水很辛苦,
用水很节俭。
现在的人水龙头一转,
水就"啪!啪!"的流下来,
光是洗个手,就用掉很多水。

现在全球人口暴增,速度惊人。记得慈济刚创立时,全世界约三十多亿人口;现在已经到达七十大关。

光是人口增加,水的需求就会增加,何况现在的人跟从前的人用水习惯不一样。以前的人因为要挑水很辛苦,用水很节俭,现在的人水龙头一转,水就"啪!啪!"的流下来,光是洗个手,就用掉很多水。还有现在人口多,交通工具动不动就是轿车,无论大小车,每天洗车的水量就要用掉多少!

现今的生活,不论是清洗自己的身体,或是洗车,用水量已经不少,还加上游泳等等,真的实在是太多。人口增加,用量增加,浪费增加,许许多多的增加,到底大地的水资源有多少?我们真的是对下一代亏空,下一代很快就会感受到缺水的灾害,这是切身的缺水之灾。

100个疼惜地球的思考和行动

地球不断受毁伤,
大地的母亲已经累垮了,
我们必须要让她静养生息啊!

让 地 球 静 养 生 息

生命共同体

温室效应加剧造成地球北极冰山融化,也许有人会想:离得那么远,和我们有关系吗?

其实,面对许许多多的天灾,每个人都难辞其咎,不能说那和我没有关系。汽车有排放废气的污染,摩托车也同样,这些空气污染来自于交通,来自于人们讲究便利,所以在不知不觉中,大家都成了破坏地球的祸魁之一。

在二〇〇四年十二月二十六日那一天,印尼亚齐发生规模里氏七点九级大地震,随之引发巨大海啸,南亚与东非共有十二个国家受到连带影响。我们动员全球慈济人的爱心,为了南亚灾难而付出。大家会觉得奇怪,为什么只是一个地震,会演变成海啸,海啸又波及十二个国家,到底是为什么?

THINKING 23

面对许许多多的天灾，
每个人都难辞其咎，
应该要有"生命共同体"的观念，
地球上任何一个国家受灾，
都会造成连锁影响。

要知道，普天下皆在同一个地球上，土地都是连通的。亚齐所在的岛屿四周环海，地震造成海底板块来回推挤，海水瞬间下陷又翻涌上来，海啸浪涛像一副巨爪，所经之处的一切全数被卷入海底，成为无辜波臣*。

身在台湾，距离印尼亚齐等地，虽然天是远远的，地是海隔着，天遥海阔，好像很遥远，其实土地仍是相连的。不要以为灾难只要不来我家就好，应该要有"生命共同体"的观念；地球上任何一个国家受灾，都会产生"共同体"的效应，造成连锁影响。

---

* 波臣：古人设想江海的水族也有君臣，其被统治的臣隶称为"波臣"。后亦称被水淹死者为"波臣"。——编者注

100个疼惜地球的思考和行动

台湾地图要重画

新闻报导曾提到,剑桥大学地质团队和台大一群学者研究台湾地貌,他们发现台湾已经缩小了。

当年,道格台风侵袭台湾时,我就曾说台湾地图将要重新画过了,因为山和海都已经变形。

道格台风之后,台湾年年发生土石流;九·二一大地震后更为明显,山会移动,海水倒灌,这不都是对人们的警惕吗?

哈佛大学学者也提醒:台湾一百五十条大河的河床都上升了。

从静思精舍到花莲慈济医院的路上,会经过一座桥,每次我都会不由自主往窗外看,发现以前河床很低,但现在河床都快碰到桥面了。这就是因为过度砍伐树林,没做好水土

THINKING 24

灾难过后,
我们更要戒慎省思,
不是过去就好了,
应该探究灾难的根源,
用祥和之气来爱护受伤的大地。

保持,致使土石流不断发生,才使得河床上升。

台湾九·二一大地震过后,有人认为这是观光的好时机——让大家上山去看看灾后的情况。所以地震过后,观光点反而愈来愈多。如果把整座山开辟成观光游览区,每天的游览车、观光客,来来往往,光是噪音的声波也会震动天地,更何况车辆在大自然的山区里不断来回,对大地也是一种伤害。

就像人的身体,一旦受了伤,也需要一段时间来调养一样,应该要让大自然回归自然的运作。尤其灾难过后,我们更要戒慎省思,不是过去就好了,应该探究灾难的根源。我们要用大爱的心来抚平彼此的不和,用祥和之气来爱护受伤的大地。

土石流

二〇〇四年,自十一月起的半个月内,菲律宾吕宋岛前后遭遇四次台风、洪水侵袭,造成房屋毁损、田园流失,一千多人伤亡,五十多万人流离失所;其中东部三个沿海小镇,几乎都有八成以上的民众受灾。灾区路断、桥毁,对外交通中断,位在马尼拉的慈济志工心系灾民安危,想办法从陆路、空中前往勘灾。

到了灾区,发现真是惨不忍睹!滚滚洪水挟带山上崩落的土石、树木,横越村庄冲向大海,顷刻间山河变色、家园毁坏;瞬息间土地下埋藏了多少人命?多少亲人被冲入大海而天人永隔?

在灾难过后,吕宋岛的海边飘浮着密密麻麻、从山上被

THINKING 25

滚滚洪水挟带山上崩落的土石、树木，
横越村庄冲向大海，
顷刻间山河变色、家园毁坏，
人类的贪欲破坏了自然生态，
使得天灾一次比一次惊心动魄。

大雨冲落的巨大原木，可想而知，这是专门盗采树木的"山老鼠"惹的祸，也是滥垦滥伐的后果。而那些出钱雇聘"山老鼠"的人，可知这种破坏生态的行为，将引来多大的灾难？夺走多少人的生命？破坏多少的田园和家庭？

台湾的赫拔风灾就是破坏山地生态所发生的结果！土石流以千军万马之姿，随大水翻滚而下，山居人民辛苦经营的家园，刹那尽毁。这些令人悲痛的往事，全是天灾造成的吗？不，应该是人祸啊！人类的贪欲严重破坏了自然生态，使得天灾一次比一次让人惊心动魄。

很感恩全球环保志工每天默默地付出，我常常说，环保志工，就是环抱地球的菩萨，请大家要以妈妈的心来疼惜地球，推动垃圾分类、资源回收、减量砍伐……等，帮助地球恢复元气。

自我环保

希望地球真正成为人间的净土,就要努力回收"垃圾"——可再生资源,不只是外在的,更要回收心灵的垃圾。虽然说现在的时代,道理妙法几乎埋没了,但其实一切唯心,这是社会的形态影响我们,并非道理离开人心。

身体的造作来自心理的观念,有的人明知抽烟、喝酒、嚼槟榔会损害身体,却无法控制自己的行为,这就是意志不坚定;意志不坚定的人容易受环境所影响,做出污染身体的行为,更受不住外界的名利、物欲等诱惑。

心是依据道理而来,心就是真如本性,道理在我们心中不增不减,只是时代的变动,转动了观念,使得许多人忘记自己的真如本性,忘记本分伦理,随波逐流,造成种种的"心灵

ACTION 26

道理在我们心中不增不减,
只是时代的变动,转动了观念,
使得许多人忘记本分伦理而随波逐流,
造成种种"心灵灾难"。

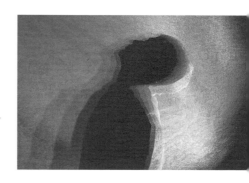

灾难"。

　　真正的环保,是从自我环保开始;自我环保则从身与心着手。例如不吃槟榔、不喝酒、不抽烟,不让香烟污染肺部,不让槟榔污染口腔,不要喝酒伤了肝脏,能做到这些,即是身体环保。

永远来得及

人就是天地间一个个的小乾坤,现在大地上有七十多亿个小小乾坤,每一个人的身体就等于是一个乾坤,生活在这样的地球大乾坤里,一定要先把小乾坤的人心调理好,才能让大乾坤的气候调适。

当人心有了贪婪,就像大水淹没了土地上的一切,所以有时候,无明的狂风一发作,好像大乾坤产生台风一样;若是许多小乾坤同时起了无明,造就的共业则会影响大乾坤的气候。所以要真正救世,就要先从救心开始。

看见地球受灾难,的确我们都很心疼,不忍心见到地球受毁伤,更不忍心许许多多的人受灾殃。无论是大寒、大热,或是大水、大旱,这都是大小乾坤不调和的毛病,所以我们还是

ACTION 27

天下没有做不到的事，
只要有愿，只要有心，
永远都来得及。

要在人与人之间多努力，推动善念时时有、好事日日做，法喜多分享。天下没有做不到的事，只要有愿，只要有心。常常听到很多人说："很担心！现在台湾的景象如何、如何……"大家都是惶惶不安，一直在担心这个社会将演变成什么样子。然而，与其坐着担忧，不如站起来做，走出来做。

　　有人会问："我现在做还来得及吗？"来得及！只要你立即、马上做，永远都来得及。

卷二：带动全球做环保

在台湾，

我们把环保当成是修行、精进的道场，

开启人人那颗懂得惜福爱物的心；

这种身行教育，还可以推展到海外，

教育到全球。

我自己所用的笔记本，
每一页纸张都使用三次，
第一次是用铅笔写，
第二次用原子笔，
最后是毛笔。

一手动时千手动

慈济环保缘起

一九九〇年八月二十三日，应吴尊贤文教公益基金会的邀请，当晚我在台中新民商工有一场演讲。

那天清早，我先去拜见恩师印顺导师，经过一处夜市街道时，看到人群散去后满地都是垃圾，风一吹，垃圾四处翻飞。这么漂亮的街道，两旁耸立着高楼大厦，一大早应该是很清新的景象，可惜满地都是垃圾，让人看了实在不忍心，这大概是前一晚夜市收摊后所遗留下来的"礼物"。

所以晚上在演讲快结束时，听到台下听众心有领会而热烈鼓掌，我念头一起，就告诉大家："人说台湾是宝岛，而我说台湾更是净土，有青山、有绿水，是美丽的宝岛，如果大家有心一起来整顿，相信我们的家园会更美丽，希望大家能'以鼓

ACTION 28

台湾是净土,
有青山、有绿水,
如果大家有心一起来整顿,
我们的家园会更美丽,
希望大家能以鼓掌的双手做资源回收。

掌的双手,回去将垃圾分类,做资源回收',建立人间净土,这是我所期待的。"

将近一个月后,我再到台中分会时,有位年轻的小姐来找我。她说:"上个月我听了师父的演讲,师父谈到用鼓掌的双手做资源回收,当下就觉得这件事我可以做得到,所以回到家就开始进行了。"

我说:"哦!那你是怎么做的呢?"

她说:"我到附近的每户人家去拜访,不论是家庭主妇或阿公、阿婆,我都挨家挨户的把您说过的话告诉他们,请大家把纸类收集起来,若是瓶瓶罐罐就另外放,分类好,我每周都会去收一次。"

结果许多家庭都受到感动,愿意主动配合,她把这些资源回收整理后变卖,所卖得的款项还点滴不漏地捐给慈济。

听到这位年轻的女孩不怕脏臭,有这种大愿大力,我赞叹地说:"你的精神很可嘉呀!"她却只是满脸带笑,觉得是在尽本分而已。

然而这份精神鼓舞着我,是啊!如果社会上人人都像她一样,哪里还会有垃圾问题呢?她是一位很年轻的女孩子,看来大约只有二十多岁,若无一番明净的彻悟,又如何能够放下人我之相,不顾别人诧异的眼光,挨家挨户去向大家宣导垃圾分类?这就是"破除我相"。破除我相并不是一件容易的事,要身体力行更难,而她难行能行,这就是最难得而美丽的人生!

从此开始,中部的慈济人受到感染,也跟着动了起来。接着,我一路从北到南,向全台湾的慈济人宣导资源回收。每当大家鼓掌时,我就说:"希望大家能用鼓掌的双手,帮助我成就一个愿望——那就是资源回收。除了减少垃圾,更可以回收资源再利用。"

在各地呼吁之后,各地的慈济人真的是"一眼观时千眼观,一手动时千手动",不分老幼一起响应,实在令我很感恩。

我常说人是天生地养,我们生长在这块土地上,土地生长万物让我们维系生命,可说是万物之母,所以,人人都有责任跟土地说一声:感恩!感恩,就要发挥疼惜的心,来保护这一片大地。

"环保",就是保护大地。现代人的环保意识已经升高,每个人若能用虔诚的心认真来做,就能带动整个家庭,甚至左邻右舍、整个社会,再推展到国际,那么,这股力量就很大了。

100个疼惜地球的思考和行动

最昂贵的贫民区

　　回忆当初推动"环保"的因缘,有一件令我印象深刻的事。有位医师从英国留学回来,他的指导教授也一起来到台湾,他知道我当时在台北,就带着教授到台北分会跟我见面。

　　这位英国教授本来很讨厌台湾,很不想来,因为听闻一般人对台湾的印象,觉得台湾是赌博之岛,不是贪、便是赌。经过学生不断介绍台湾也有许多有爱心的人,还举了很多例子给他听,教授想了想,才决定来看看。

　　他们到台北市逛一逛,该看的地方都看了,晚上才来台北分会。他说:"学生一直跟我介绍台湾的好处、台湾的美,所以我要来了解:台湾真的有这么美吗?"我就问:"您今天都看过了,到底美不美?"他想了一想,说:"说实话,台湾在

THINKING 29

一坪土地要价几百万的繁华地段,
虽然有很多华丽的高楼大厦,
可惜环境却是十分脏乱,
像是最昂贵的贫民区。

我的印象中,是'最昂贵的贫民区'。"

我吓一跳,为什么是"最昂贵的贫民区"?他说:"虽然看到很多华丽的高楼大厦,像故宫博物院等等的公共设施都很美,但可惜的是,到处都很脏。所以台北给我的感觉,这个地方是最昂贵的贫民区。"因为学生带他去参观的地方,是一坪土地要价几百万的繁华地段,可是环境却是十分脏乱,他才会说台湾是最昂贵的贫民区。

我听了颇不服气,就告诉他:"其实,台湾人的爱不只是爱台湾而已,我们也去其他地方救灾。"那时候卢旺达刚发生灾难,我们的医师及慈济志工冒着危险到达卢旺达,在枪炮声中展开义诊。又说起慈济缘起与四大志业的发展,也让他了解慈济志工在医院中呵护病患,持续关怀的感人精神等,这位英国教授才改变了原来对台湾的观感。

感恩台湾有这么多的好人做许多好事,才让我有资料可以展现,也因为和教授的这席话,让我更加用心推动环保工作。

疼惜地球就是疼惜自己

有位哈佛大学教授来台湾后,听到很多人说:"慈济的资源回收、环保工作做得很好。"他很好奇,就由台大詹教授陪同来花莲参访。在座谈时他问道:"请问,您如何带动这么多人一起来做环保工作?"我告诉他:"我只有一种感觉,台湾有很多人都有疼惜的心,这些环保志工就是用一种'疼惜地球'的心态,用心投入做环保。"

翻译者说:"'疼惜'这两个字很难翻译,请问要怎么解释比较好?"我回答:"地球就像我们生命及身体的一部分。"当他翻译这句话后,那位教授听了好像很吃惊,本来是靠着椅背,听到这句话立刻坐直,请我再解释其中的意思。

"'惜'这个字就是不舍的意思,'疼惜'是指环保志工将

ACTION 30

"惜"这个字就是不舍的意思，
只要我们有疼惜地球的心，
就会珍惜资源，
让物命发挥更多用途。

地球当成自己的身体，所以疼惜地球就如疼惜自己的身体。"

他说虽然在美国推动保护环境业已多年，但主要重视环保的理论，他一直无法很贴切的形容地球与人的关系，所以听到这句话感觉很震撼。的确，"万物"就是"自己"；因为爱自己，所以对于世间万物以及生活周遭的一切，都会爱惜。

其实，环保一定要从手边做起，我们想要积极推动，一定要自己做得很彻底，才能带动别人。

我自己所用的笔记簿，每一页纸张都使用三次，第一次是用铅笔写，第二次是原子笔，最后是毛笔，几乎都是如此反复利用。还记得当初慈济草创时，必须自己撰写文稿，我很少使用格子纸，大部分是拿已过期的日历纸来写。

我认为，我们对于自己的身体以及身边的一切资源，都应该好好善用；这种"珍惜生命与物命"的观念，就是我一直呼吁的。天地万物与我们是一体的，所以疼惜万物，就如同疼惜自己。而其中最重要的，是我们爱护和呵护地球的一念心。

宾士车载回收物

慈济从一九九〇年推动环保至今，所有的环保志工不分年龄大小、无论职业背景，人人将街头当作修行的道场，不畏脏乱、不辞辛劳，低头弯腰，一一将垃圾分类、整理、回收。甚至还有许多人把自己的土地或住家奉献出来做环保。而许多人因为做环保，忧郁症不见了，腰酸背痛也好了……这一切都教我感恩又欣慰！

其实要创造一个清新的环境并不困难，有位老董事长夫人每天下班之后，就由司机开着宾士车送她到环保回收点做分类，有时环保车载不下，她就用宾士车来载这些回收的资源。员工都觉得老董事长夫人很奇怪，怎么用宾士车载垃圾？

于是，她把我讲的话告诉大家，开始对着员工宣导环保

ACTION 31

环保志工不分年龄大小、
无论职业背景,
不畏脏乱、不辞辛劳,
低头弯腰将垃圾分类回收,
人人将街头当作修行的道场。

理念:做人要懂得惜福、感恩,随手丢掉的东西都来得不易,如果我们去做资源回收,就会知道每一件东西都有生命……

宣导了一段时间后,上自主管下至员工,都很佩服,还有许多人跟着她做环保。这是因为她从自己本身做起,所以能够感动人。

我常常说,话能感动人就是妙法。殷勤诚恳地去付出,说自己所做,做自己所说,则每一句话都是妙法。

许许多多的物资,在消费者享受之后就被丢弃,每个人都这样轻轻地一丢,最后变成垃圾问题。但是另外有一群人,为了呵护大地,珍惜资源,很用心投入回收这些被丢弃的"垃圾",甚至有人把这一堆堆的垃圾,变成了一件件的艺术品。

所以我一直很感恩这群环保志工,他们不只是接受我的呼吁,还帮忙宣导;不只是宣导,还身体力行。为什么而做?不为名,不为利,是为爱,而且是无所求付出的爱。这是不是至善呢?这就是最彻底的善,也是最美的人生。

100个疼惜地球的思考和行动

每件物品都有寿命长短，
东西在被人使用的期间，
就表示它的寿命是存在的。

惜福爱物

100个疼惜地球的思考和行动

爱惜物命的住持

相传在日本的本愿寺,有一天上完早课,方丈要回寮房时,在走廊上看到地上有一张纸,他弯下身把它捡起。

弟子说:"师父,这张纸好像用过了。"

方丈就说:"虽然写过字了,但它还有再使用的功能。"

这位方丈即是本愿寺第八任住持——莲如禅师。莲如禅师小时候家里非常贫穷,母亲教导他要用心学佛,将来才能把佛陀的教法传扬给所有的人。有一天,妈妈不见了,没有人知道妈妈去哪里?于是,这个当时才六岁的孩子就被送去本愿寺当沙弥。当时的本愿寺经济很拮据,生活很清苦。但是他谨记妈妈的教诲,时时用功,不畏简陋的环境,非常刻苦耐劳。

THINKING 32

每件物品都有寿命长短，
东西在被人使用的期间，
就表示它的寿命是存在的。
好好的爱惜使用，
即可超过寿命保证期限。

到了四十多岁时，他成为本愿寺的第八任住持。虽然已是住持的地位，但他惜福、惜物的精神，还是一样坚持，即使已用过的纸，还是会重复利用，充分的爱惜物命。

世间的一切物质，都有它的生命功能，我常说："要知福、惜福。"不知福的人就不会惜福；若懂得惜福、爱护一切万物，就不会产生这么多的垃圾问题了。

每件物品都有寿命长短，东西在被人使用的期间，就表示它的寿命是存在的。有寿命，也要有健康，例如一只表，寿命有多久，要看使用的方式，其他的物品也一样，好好的爱惜使用，可能会超过所谓的寿命保证期限；假如不好好的爱惜，再贵重的物品也会很快产生问题，缩短寿命。

珍惜，爱惜，这种"惜"要从我们的心开始。

回魂纸

有一天早上我要出门前，有人拿了一叠信封及纸张告诉我："师父，这是再生纸做的。"我看了看："很漂亮嘛！"回收后再制的纸，现在叫做再生纸，从前称为回魂纸。

回魂，就是又活回来了，本来是没有用丢掉了，把这些废纸捡回来再制，重复使用，让它死而复生，所以叫做回魂纸。

现在几乎人人手中都有笔记本，随时可以抄写，使用电脑打印文件也很方便，但如此一来，纸张用量就很大。纸张从哪里来？砍树木。地球的资源有限，大量砍伐树木，容易导致水土保持失去功能，因而一下大雨就发生土石流。再说，树木可以吐新纳垢，让人类有新鲜的氧气可用，空气也能常保清新；若是空气中失去氧气，污染严重，就会影响天气。

ACTION 33

把这些废纸捡回来再制,
重复使用,
让它死而复生,
所以叫做回魂纸。

维持地球的健康,人人有责,只要回收五十公斤的纸,就能少砍伐一棵二十年的大树。人人手中的纸,不只利用一次,还能无数次不断回收,无数次再利用,能够如此,就不必一再砍树了。

因此,再生纸除了表现人的爱心,发挥纸的功能之外,也是在提倡环保。

用心就是专业

我常常说"用心就是专业",看看慈济环保志工们,他们多用心啊!多疼惜物命。

有一回我到高雄看看各个环保站,都非常科学,也非常感人。我看了好几站,各有不同的优点。

其中一站,走进去就看到一排排的脚踏车,摆放得很整齐,乍看起来好像在卖中古车。他们将各式的废弃脚踏车统统回收,然后将车体拆卸重组,好的部分留下来拼凑成新车,不能再使用的就资源回收。重组后的车子每一辆都很好用,需要的人就可以买走。至于一辆卖多少钱呢?随便你丢,一百、两百、五百、一千,总之随喜布施,一举数得,不仅让环保物重生,所卖得的钱也可以再做善事。这是那处环保站的一大特色。

ACTION 34

因为看到老人家蹲下身做分类,
每次要站起来的时候很困难,
所以他动脑筋构思输送带,
让分类的人不必蹲地弯腰,
身体舒服一点。

又有另一站,很整齐的两排人站在一部机器旁边,到底在做什么呢?原来在分类回收物。这又是另一项特色,大多数的环保站,分类时多数都是这里一堆,那里一堆;但是这个环保站很科学,有人发心设计制造机器,运用输送带运送回收物,分类的人不必蹲地弯腰,轻松站着就能从事分类工作。而且输送带还可以调整速度,人多就快,人少就慢下来,十分科学又人性化。

据制造机器的王居士说,因为看到有些老人家蹲下身做分类,每次要站起来的时候很困难,还要有人去扶他们站起来,特别是打弯半天的腰要挺直起来真的很辛苦。所以他灵机一动,既要将物资充分回收,还要干净的分类,又要让老人家减轻负担,身体舒服一点,所以他就往这个方向构思,慢慢将输送带组合起来。

那时候看到他的创作,觉得很天才,很有智慧,很肯动脑筋,不由得赞叹起他们。而他们也快乐地回答:"师父,您不是说,用心就是专业了!"的确,用心就是专业。

废弃物品现良能

有时到医院的加护病房探望,会看到重症病人的四肢受到绑缚;一问之下,方知因为有些病人容易躁动,即使在意识不清的情况下,还是会拔掉身上的医疗管线。如此不仅危害病人生命安全,医护人员还必须重新插管,不但增添病人痛苦,也让家属感到不舍,旁人看了也不忍心。

台北慈济医院的医护同仁疼惜病患,用爱心发挥智慧,设计、发明了九项环保医疗用品;其中一项即是特制的毯子,能隔开重症病人的四肢与身上的管线,取代一般绑缚的方式,不仅善待昏迷中的病人,家属也会放心许多。

此外,诸如厂商送来的装药容器,通常会丢弃;不过医护同仁用心思考,予以回收重制,改造为适合存放药物于冰箱中的容器。又如为了让检验用的小试管保持稳定不动摇,

ACTION 35

医护同仁以慧心巧手，
将普通的医疗废弃品，
回收重制成珍贵可用的医疗用品，
既减少垃圾也延长物命、节省支出。

因此用回收的资源改装成填充物，可置于试管与试管之间加以固定。这些回收产品的品质很高，不仅做工细腻，而且达到干净、无菌的要求，很不容易。

医护同仁以慧心巧手，将普通的医疗废弃品，回收重制成珍贵可用的医疗用品，既减少垃圾也延长物命、节省支出；重要的是那份用心，因为受到环保志工认真的精神所感动，因而发心效法，自我期许以环保志工的心情，进行资源回收与再制的工作。

还看到医疗团队为了让病人开心，医师演出木偶戏，药剂师入镜拍摄影片，在在让人感到医疗系统的活泼气象；这样的温馨气氛，也吸引了许多职场新鲜人进入慈济医院服务，在这个充满爱心的大环境中，有资深同仁的陪伴与爱护，共同以付出无所求的精神照顾大地苍生。

慈济医院的医护同仁心怀大爱，是名副其实的菩萨心肠——呵护病人、疼惜人类、不忍地球受毁伤。这一份爱，不仅是敬天爱地，也是真正做到了爱的环保。

资源回收

过去几年间,每次看到台湾哪一个地方淹大水,水退了以后,就会有很多的垃圾,整条街道都可闻到很臭的垃圾味,但是近来却很不一样。

二〇〇五年夏天,我到了南部,行经淹过水的台南学甲、麻豆等地方,只是看到有些地方湿湿的还没有干,却都很干净,不再见到垃圾满地。

路上我就一直在想,真的很令人感动。为什么感动呢?就会想起了垃圾减量,因为垃圾减量,所以水涨起来,排水道没有被垃圾堵住,水可以退的地方很快就退了。水还没有退的地方,也没有看到垃圾浮在上面,所以水退了,能感觉到街道干净,就是因为垃圾减量。

ACTION 36

近几年来,因为垃圾减量,
排水道没有被垃圾堵住,
所以水退了,街道也变得干净。
垃圾减量的方法,来自于资源回收;
资源回收则一定要预先分类。

　　垃圾减量的方法,来自于资源回收;资源回收则一定要预先分类。慈济的环保志工们,很仔细的在推动资源回收及分类工作,而且他们不断的用心、细心去思考,如何能用半自动化的方式,用输送带来辅助分类。

　　垃圾倒下去,人站在输送带旁边,玻璃就分类出来,塑胶的也分类出来,还有铁类、铜金属等等。纸张也可以看到,白色的另外分类,印刷过的也把它分类清楚。有些塑胶瓶是用铝做瓶盖,所以环保志工们连瓶盖都要一个个拔起来,让它妥善归类。

　　看看那样细心的分类,实在是很难得。玻璃罐也要分色,白色的归白色,咖啡色归咖啡色,绿色的归绿色,也是同样把它分得非常清楚。真的很令人感动。

纸的分类

真的很尊敬这一群用心用力的环保菩萨,不仅回收,还要细心去分类。有的已是八九十岁的高龄,也坐在那里分类。各项都分门别类分得很仔细,单是纸类的分类就很细心。

我问他们:"全部的纸都捆一捆就好了,为什么还要这样一张一张拆开?"

他们说:"这里面有白纸。"

"白纸和印刷过的有什么分别吗?"

"有啊!白纸一斤多好几块钱。"

看,一本书才能夹着几张白纸,但是他们那么细心,连纸张里面钉着的钉子,他们也要一一拔起来,另外分类。

Action 37

默默的回收,
仔细的分类好,
送到资源回收场时就不必再麻烦别人,
环保志工就是那样的贴心。

到底一根小小的订书针值多少钱呢?需要这样费力气去拆吗?或是印刷过的纸,跟没有印刷的白纸,也差不了几张,为什么那么斤斤计较呢?可知积少成多,大家用心用爱,就是在点点滴滴重新聚合资源,虽然是那么小的钉子,整个拆下来也有一点重量;白纸一张张拆下来,加起来也有那样的厚度。所以看到整本书一直拆一直拆,原来如此,就是要再加工分类。

想一想,这一些垃圾,因为有这群真正在呵护地球的环保菩萨,他们夏天晒太阳,雨天淋雨,冬天就是寒风刺骨,都没有休息过,以这样的爱心,推动全民的环保意识,再加上当局宣导,人人来配合,所以现在家家户户都能实施垃圾分类与资源回收。

默默的回收,仔细的分类好,送到资源回收场时就不必再麻烦别人,环保工作就是那样的贴心。

医护大地的良方

曾经行脚到中区几处环保站，欣见医护人员及家属一起投入做环保。常言医护人员是抢救人体小乾坤的大医王与白衣大士，一般人一旦身体有病痛，都会找医师看诊，拔除病灶；若地球病了呢？解救之道唯有人人落实环保。所以环保志工可说是守护天地大乾坤的人间菩萨。

环保志工疼惜大地资源，运用慧心巧手赋予回收资源新物命。诸如将损毁的脚踏车拆解、修补、更换零件，犹如医师进行器官移植，使之又成为能骑乘的车辆；若物品已不能再利用，则回收归于源头，重新再制。

曾有位环保志工于数年前受肝病之苦，儿子自愿捐肝回报亲恩；这位父亲术后恢复健康，把握时间发挥身体良能，投

THINKING 38

物品损坏可以更换，
人体器官也能移植；
然而地球若毁坏，
却无法换新，
大家应疼惜地球。

入环保志工行列，而且父子同行，这份亲情很温馨。《无量义经》云："头目髓脑悉施人。"不只身外之物能布施，连心肝肺肾脏等皆能布施给人，延续生命。

　　物品损坏可以更换，人体器官也能移植；然而地球若毁坏，却无法换新，大家应疼惜地球。现代人追求生活便利，习于外食，不论是装饮料的瓶罐，或是装盛食物的塑料袋，每天制造许多一次性产品的垃圾；这些产品无不是源自大地资源，资源终究有限，经不起使用一次就丢，变成垃圾。

　　因此家家户户落实环保，同时要"清净在源头"——保持资源干净，做好回收及分类工作。现今许多医疗用具或仪器，都需要塑料，塑料的来源是石油；若能做好分类，回收再制时也能做成尖端医疗仪器，如此就能减少抽取石油或开矿，减轻大地负担。

100个疼惜地球的思考和行动

不要丢就不用捡

节流比开源更重要。

垃圾问题会愈来愈严重,主要是因为许多人很会买东西,也很会丢东西。另外,有的屋主喜欢动不动就重新装潢,那旧的东西拿去哪里呢?大部分都丢到垃圾堆了。每个人都不希望住家附近有垃圾场,总觉得那些垃圾不是自己丢的,所以一旦遇到垃圾焚化场要盖在住家附近,就去示威、抗议,其实,大家都是垃圾问题的制造者之一啊!

记得大爱电视台有一段广告,有位环保志工边走边捡垃圾,嘴巴边念着:"大家不要这样丢,就不用这样捡了。"没错,这也是一种教育。

我们希望四周的环境整洁干净,只用嘴巴来喊、来呼吁,

ACTION 39

许多人很会买东西,
也很会丢东西,
那旧的东西拿去哪里呢?
大部分都丢到垃圾堆了。

就要环境变好,这实在是难啊!不如自己身体力行,甚至影响别人、带动很多人一起来做垃圾分类及资源回收,最少也要能教育到这一点——人家捡得这么辛苦,我们不要随便乱丢。

为什么要做好垃圾分类、资源回收?主要是为了珍惜物命,能够回收再制,就不需要每样东西都开源制造,并且能"垃圾变黄金"、"积少成多",这正是我常说的:"粒米成箩,滴水成河。"

住在垃圾山

一九九八年，原本就贫困的中美洲又发生水灾，本就破损的房屋，也被水冲走，灾民几乎是一无所有。美国的慈济人去勘灾后回来报告，当地的垃圾山里住着很多人，若有人载来垃圾，就有好多人赶紧围过来，做什么呢？等垃圾倒出来后，马上翻捡垃圾，寻找他们要吃的、穿的、用的东西，垃圾山就像是他们的宝矿一样。想到有些人买衣服要选名牌才肯穿，这样的对比真让人心酸。

垃圾堆中的蚊虫应该很多，要怎么住人？他们以纸箱当房屋，人钻进去就可以睡了。我们的工作人员在当地听到孩子的哭声，循声去寻找时，差一点就踩到孩子，到底孩子在哪里？原来是垃圾堆中的一个小纸箱，孩子被放在里面，那就是他睡觉的地方。

THINKING 40

当地的垃圾山里住着很多人,
若有人载来垃圾就赶紧围过来,
翻捡垃圾寻找吃的、穿的、用的东西;
想到有些人买衣服要选名牌才肯穿,
这样的对比真让人心酸。

一开始,当他们口头上告诉我时,我想:这种地方要如何生活呢?真的有人穷到这种地步,贫困到这样吗?看到他们拍回来的相片及录像带,不由得不相信了。

每一回看到那些镜头,心就很痛,一直想着:应该如何去帮助他们?只有一个方法——努力汇聚大家的爱心。虽然力量有限,只能以重点、直接的方式进行援助。但只要我们眼睛看得到、双脚走得到、手伸得到的地方,就会赶紧去帮助。

当时我们为这些中美洲的贫困国家募集旧衣,本来预计三十九个货柜*,没想到一呼吁,全台湾爱心人士踊跃捐出的旧衣,有将近九十个货柜,可见台湾人实在很有爱心。

台湾的生活环境比起那些地区,实在好很多,所以我们要感恩、要惜福;惜福前,要先知福,知道自己是有福的人,懂得惜福的同时,则要赶快再造福。

---

* 货柜:即集装箱。——编者注

街头巷尾好修行

每一次看见环保志工,我就特别开心,并从内心升起恭敬,因为他们都是在街头巷尾修行的人。

有人问:"什么是修行?"简单的解释就是去除烦恼,用平常心来面对人生,这就是修行的最高境界。

常常听到环保志工分享:刚开始做环保时,都会戴上口罩、安全帽,不是怕垃圾臭,也不是怕不安全,而是怕会被人认出来;因为翻垃圾捡回收物,怕被熟人碰到有所误会,有的甚至一看到人就赶快躲,等到人走了才又继续做回收。

的确,要在垃圾堆里做资源回收,一开始并不容易,一定要有去我执、灭我相的修行功夫。

环保志工以街头巷尾做道场,无不都是在修行。大家不

ACTION 41

常听到环保志工刚开始做环保时,
都会戴上口罩、安全帽,
因为捡回收物怕被熟人误会。
要在垃圾堆里做资源回收,
的确要有去我执、灭我相的修行功夫。

分你我,弯下腰来做垃圾分类、资源回收,真的很了不起,这就是抱着修行的心来呵护大地。

其实做环保后,回到家里自然就懂得珍惜资源;捡得那么辛苦,怎么能再浪费呢?这是一种爱的循环。另外,我们在外面做资源回收,若是自己身边的东西很快就淘汰不用,等于是一边浪费、一边回收,不是很矛盾吗?所以环保要从自己做起。例如塑胶袋虽然很方便,但是用过就丢掉,这样也是制造垃圾,尤其下雨时,垃圾随水漂流,流到出水口就容易阻塞,严重的还会造成淹水。

以前常听到"台湾钱淹脚目*",若是不赶快提倡环保观念,未来将要面临的,可能会是"垃圾淹脚目"。

先宣导人人节约的观念,不要动不动就汰旧换新,才不会一直制造垃圾。再进一步宣导垃圾分类,若能彻底做好分类,就能减少资源浪费,充分回收再制,节省资源。

---

*脚目:指踝关节。——编者注

100个珍惜地球的思考和行动

岁末祝福发福慧红包时,
我牵住老菩萨的手,
那都是一双双长满硬茧的手,
但我觉得这些手,是最美的手,
也是最宝贵的手。

草根菩提,人间菩萨

最爱看的电视节目

每天早上我用餐都吃得很快，因为要赶快进去里面看《草根菩提》。

在大爱电视台的节目里，我最爱看的就是《草根菩提》——环保志工的故事。为什么环保志工的节目会称做"草根菩提"呢？

在地球上，真正能保护土地的是生长在土地上面的花、草、树木，这些植物就像地球的毛发，具有调节与保护的作用；环保志工致力资源回收来爱护地球，不就像这些花、草、树木一样重要吗？而"菩提"是觉悟的意思，大家都已经有所觉悟，地球是我们共依共存的土地，要用心呵护；环保志工就是保护大地的菩萨，所以叫做"草根菩提"。

ACTION 42

在大爱电视台的节目里,
我最爱看的就是《草根菩提》。
环保志工致力资源回收来爱护地球,
就像地球上的花、草、树木一样重要。

感恩这么多环保志工,大家不惜手脚,爱护地球,把资源回收,回收又要再制,让我们社会的资源不会欠缺,让大地资源不会一直消磨掉,土地才不会继续被破坏。

环保志工以佛心疼爱地球,不忍心地球受毁伤。看到各地的环保志工,我由感恩而生出疼爱与敬重之心。

最美的手与感人的脚

记得有一次到高雄岁末祝福,因为时间还没到,我先坐在会客室,有几位从六龟乡来的老人家,头发都花白了,我问他们:"老菩萨几岁了?"有的说七十多岁,有的说八十多岁,他们告诉我:"师父,我们在做环保!"

"喔!你们在做环保,不会累吗?"

这几位老菩萨就抢着说:"师父,我腰酸背痛,做环保做到好了呢!"

"我本来是不太能走,结果做环保就好了。"

其中一位老菩萨接着说:"真的,因为我们做环保做到身体变好了,就想邀她一起做,她不肯,说她不能走。我们就告诉她:你不能走没有关系,跟我们在一起比较有伴,你坐在椅

ACTION 43

这些头发都白了的老菩萨,
年轻时为家庭、为生活发挥功能;
现在老了,则是为爱护地球发挥良能。
人生在生命与慧命的交叉点,
观念能够转换过来,是最有价值的人生。

子上看大家做环保就好了。"

等她真的到回收点坐下来时,看到很多环保志工在踩宝特瓶*,觉得很好玩,就说:"你们丢一支过来让我踩踩看。"有人放一支到椅子前面,让她踩踩看,她踩下去了,大家就夸奖:"好棒喔!再踩一支。"她又踩下去。

"不错,再来一支……"后来他们放了一堆宝特瓶在她面前,她也很欢喜,一支一支踩,最后干脆站起来踩,直到大家都把垃圾分类完了,回头看她,惊讶的说:"啊……你站起来了呢!"她自己也很惊讶:"对喔!我什么时候站起来的,我都忘记了。"从此开始,她也跟着大家投入环保志工行列。

真的好可爱,看到这些头发都白了的老菩萨,年轻时为家庭、为生活发挥功能;现在老了,则是为爱护地球、为惜福发挥良能。人生在生命与慧命的交叉点,观念能够转换过

---

*宝特瓶:用聚乙烯对苯二甲酸酯(PET)所制成的瓶子。——编者注

来,是最有价值的人生。

等到岁末祝福开始发福慧红包时,老菩萨们一个个随着佛号上台来。我先把蜡烛给他们,再把福慧红包放在上面,可是他们拿不住,常常会掉到地上,我干脆先牵住老菩萨的手后,才把东西放上去。那都是一双双长满硬茧的手。

结束后,我对大爱电视台的姚仁禄居士说:"我今天在发福慧红包时,心里很感动。我看到许多很美、很有价值的手,那些都是很宝贵的手。"

"是怎样的手,让师父觉得那么有价值,那么宝贵?"

"这些老人家的手很僵硬,要把他们的手指头弯曲起来,才拿得住福慧红包和蜡烛。让我想起从前的年代,女孩子多半都没有读书,跟着妈妈做家事,小小年纪就要帮忙带小孩、煮饭、洗衣服,从小一直做到长大。嫁了人,做人家的媳妇,做人家的太太,做儿女的妈妈,甚至有了孙子,做阿嬷了,还是终日忙碌。

那双手,做了一辈子的事,现在,又来做环保,那双不曾休息的手,几十年来,在生活中创造多少奇迹,真的是万能的手啊!所以我觉得这些手,是最美的手,也是最宝贵的手。"

姚居士就说:"师父,我今天也看到让我很感动的脚,看到忍不住哭了。"

我问:"为什么会看到哭?"

"因为我坐在前排,大家都从我的面前走过去,每双脚都从我的面前经过。师父,我看到那些脚趾头都变形了,趾头都是开开的,很粗糙,所以我忍不住哭了。想到这些老人家以前应该都没有穿鞋,打着赤脚,不知走过多少田地,爬了多少的山路,走到脚都变形了。我也觉得那一双双的脚,是很有用、很有价值的脚。"

就是在那一场岁末祝福,姚居士看到这些环保志工的双脚,引发了最深的感动,因而发大心,立大愿。

100个疼惜地球的思考和行动

百岁人瑞做环保

宜兰有位一百多岁的阿嬷,从九十岁开始做环保,已经做了十几年了,除了自己做环保,她还带动整个村庄,几乎家家户户都来做环保。阿嬷很自豪的说:"那些都是我的环保信徒。"看她肩上扛着、手后面也拖着回收物,很可爱,虽然走路要拄着拐杖,她还是要做。

她家在当地是望族,先生以前是医师,虽然已经往生,不过子女也都很有成就。刚开始出来做环保时,有人会误解,就窃窃私语:"医师娘怎么出来捡垃圾?"被她的孩子听到了,也很反对:"妈,我们又不是养不起您,为什么您要出去捡垃圾?"她就说:"傻孩子,你不懂,这叫做惜福!也是在帮你们造福。"

Action 44

老一辈的人大部分都很惜福,
所以做资源回收的意志很坚定,
不因别人批评或子孙反对而受影响。
所以,凡是好的事情就要把握当下去做,
恒持刹那。

老一辈的人大部分都很惜福,她知道做资源回收,就是惜福,所以意志很坚定,不因别人批评或子孙的反对而影响意志。老人家十多年用心做出来的成果,大家都看得见,不但子孙们转而投入,全村也一起响应做环保。

所以,凡是好的事情就要把握当下去做,要有坚定的意志,恒持刹那。

网咖*阿嬷

在中和有位八十岁的阿嬷,她说:"每次看到师父,眼眶就会红,我觉得师父要做这么多事情,很辛苦,我能替他做一点什么呢?能做的就是环保,所以我要认真做。"听了多感人啊!

有一阵子很流行上网咖,许多年轻人总是在那边流连忘返。每天早晨四点钟左右,网咖要打烊了,阿嬷就会进门去,因为她发现这里的饮料罐很多,可以回收。

起初店里的人以为她是雇来的清洁工,后来知道,原来阿嬷是特地来做资源回收的,大家都很感动。

---

* 网咖:可以为顾客提供网络服务的咖啡店,即网络咖啡。与网吧不尽相同。——编者注

ACTION 45

老菩萨从年轻做到老,
直到背都驼了还要做环保,
令人好心疼,
也好感动。

阿嬷为了回馈这家店,每隔两天就会去帮忙清扫楼梯,一边刷洗还一边念,怎么才两天就这么脏?怎么大家的槟榔汁都乱吐?好难洗!虽然很难洗,但她还是持之以恒,每天早晨四点钟就去捡回收,每隔两天就去帮忙洗楼梯。

看看这位老菩萨,从年轻做到老,做到驼背了,现在还是说:"我年纪这么大了,能为师父做什么呢?只能做环保而已,至少我能把回收资源换来的钱,帮助师父做救人的事。"多贴心!我真的非常感动!

不过,看到这位阿嬷背都驼了还要做,也好心疼。

《药师经》上有一句经文:"挛躄背偻",挛躄就是没有手、脚,或是手脚踡缩了没有作用,背偻就是驼背。其实,有双手不做好事,不就等于没有手一样?事,都是人做的,好事或是坏事,这都要用健康的心灵去分别、去选择,好事就要用心的做。

100个疼惜地球的思考和行动

环保断恶习

　　有一位余居士在分享时说,他过去的人生都是跟着朋友喝酒、赌博,通常到了天亮才回家,回到家也是醉醺醺的。孩子有样学样,他们看到女儿愈来愈叛逆,担心的问:"你为什么要这样?"孩子说:"爸爸还不是这样!"于是他提高警觉,决定以身作则来影响孩子。

　　有一次太太带他回花莲,参观慈济的四大志业,以及精舍的生活,他很受感动,回去之后就投入环保,并把过去的恶习一一改掉。

　　果然女儿慢慢被父母感动了,也开始投入,现在,一家老中少都投入做环保。

　　慈济人关怀四川震灾数年,也陪伴、带动出当地环保志

ACTION 46

每当听到因为环保这一扇门,
许多人一改过去的迷糊人生,
懂得惜福惜缘,
我就很感恩,
因为环保改变了他们的一生。

工。由于当地夏季太阳八点多才下山,家家户户晚餐过后,都坐在门口乘凉,或是打麻将消遣;慈济人利用时间宣导环保理念——尽管欠缺工具,仍发挥智慧,在巷口、庭院或路边,用白布或被单作为布幕,麻将桌拼拢摆上电脑,播放环保相关影片,招呼邻里聚集,推动资源回收护大地。现今已在当地带动不少环保志工,将打牌的手变成做环保的手。

每当听到因为环保这一扇门,许多人一改过去的迷糊人生,懂得惜福惜缘,我就很感恩,因为环保改变了他们的一生。

被回收的人生

从那一年呼吁"拜托大家把鼓掌的双手拿来做环保"开始,已有数万人投入环保行列,而且天天都是"日不落",有的志工刚准备要去休息,另外一群人已经起床开始要做资源回收了,这些环保志工十多年来如一日,叫我如何不感恩!

除了回收物品,做环保也能回收人生。例如有位住在北部的女士,从前的人生都是吃喝玩乐,整天想的都是金器、玉石、珠宝,每天打扮得像圣诞树一样,家事反而都是先生在做,若是玩乐回来了,家里还没开饭,就会生气地问:"我到底欠你多少?回来连顿饭都没得吃。"

投入环保后,她变得很朴素,现在什么都不戴了,问她为什么?她说:"师父说那些只是破铜烂铁。"她的人生已经

THINKING 47

环保不仅回收物品,也能回收人生。
很多人因为投入环保,
生活变得朴素,
懂得惜福惜缘,
人生也恢复清明。

恢复清明,全心做回收工作,婆婆不解的问:"你是吃饱太闲了?吃自己的米,去做别人的事。"她回答:"您应该感恩这位师父,帮您捡回一个很好的媳妇,若是没碰到这位师父,你们的财产都会被我花光光。"真是很可爱的人生!

码头旁的鳗伯

在高雄曾经有一位环保志工,大家都称呼他"鳗伯"。以前在海上讨生活,现在虽然退休了,还是经常到码头边走走。看到码头四周很多垃圾,经常烧成一堆一堆,他很舍不得,心想:"这不是很可惜吗?如果把能用的资源拿去卖,就可以把这些钱捐给慈济去做好事了。"

他边捡边说:"钱都是这样来的。"就这样捡起来,一个罐子,一个塑胶袋,他就是一路这样捡下来,这样累积着,天天去码头边做资源回收。

慢慢的,感动了女婿,还为他搭建了一个回收站,资源捡回来就累积在这里,整理得很好,等着环保车来载。他感慨地说:"如果大家不赶快做环保,以后子孙都会住在垃圾山。"

ACTION 48

不轻视自己一点点的力量,
也不轻视任何一个利益他人的动作。
垃圾堆积会变成垃圾问题,
需靠大家合心协力,
才能让整个环境干干净净。

他很有慈悲心,也很勤劳,知道垃圾堆积会变成垃圾问题,所以要为大地爱惜资源。

　　这的确是位很有智慧的老人家,不轻视自己一点点的力量,也不轻视任何一个利益他人的动作。大家不要以为:会差我的一个动作吗?会啊!我们要重视每一个人的动作,每一个人好的动作聚在一起,这个人间就会美,就是一片净土。所以需靠大家合心协力,才能让整个环境干干净净,卫生条件的品质才会提升。

身病心不病

有一位环保志工杨钟阿纯老菩萨,当她发现自己得了癌症时,仍然乐观洒脱地配合医师的治疗,虽然化疗是一件很辛苦的事,不过在她的脸上看不出苦。化疗期间,她同样在做环保;当头发开始掉落,儿子买了假发给她,虽然戴了很热,但她还是要做环保。

她很自在,和所有的会员、委员还有当地的社区人士都打成一片,很多人都很喜欢她、很爱她,所以有人就跟她说:"如果让你识字,你就可以当记者了。"她听了也很高兴。虽然她不认识字,可是她说的话都很有智慧;不只说得很有智慧,她也身体力行,把生命发挥得淋漓尽致。

这样的人生是最可爱的,最亮丽的,即使身体有病,仍然

THINKING 49

人若能身体生病，
心却没有病，
则无处不是道场，
无处不能修行。

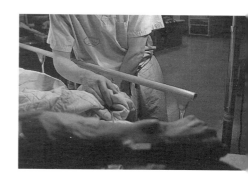

把握时间充分利用。记者问："你现在还能继续做环保吗？"她说："只有化疗回来时要躺着休息。躺着有多难过你知道吗？很无聊，没有工作做是很辛苦的，我如果能爬得起来，不让我去做环保，我会很难过。"这就是她的人生哲学。

如果因为生病就躺着呻吟不肯动，这是身心都有病；她的身体生病，心却没有病。人生就是要这样，无处不是道场，无处不能修行。

单掌叠纸箱

有一位在山上种很多龙眼树的断掌阿嬷,她虽然白天要照顾果园,但还利用天未亮或夜晚时去做环保。

阿嬷做环保的起因,是因为女儿常常跟她提起慈济在做的事,有一次还跟她说:"师父在呼吁做资源回收。"

"为什么要资源回收?"

"可以减少垃圾,而且回收资源卖来的钱又可以捐给师父去救人。虽然金额不是很多,不过大家都出一份力量,就很多了。"

阿嬷听了很认同,就开始去捡回收物,有人问:"你缺了一只手掌,也要跟人家做吗?"

"有什么关系?反正有做就有钱。"

ACTION 50

缺了一只手掌,
同样能把纸箱叠得整整齐齐。
她运用心灵的智慧之手,发挥良能,
哪怕是肢体有残缺,
却是心灵完整的"好手"。

人家又问:"收这些可以卖多少钱?"

她回答:"多少钱都没关系,大家一起来出力,否则,难道慈济会自己生钱吗?"

这种草根的智慧,我听了好感动,而且她这种诚恳的付出,也感动了邻居跟着做环保。有时捡到纸箱,她不但要压平,还要捆绑好。问她:"你缺了一只手掌,捆绑东西会不会很吃力?"

"不要紧,我还有两只脚,踩一踩就好。"她同样能把纸箱叠得整整齐齐。

我从大爱电视台拍回来的画面上看到,她做环保做得非常利落,丝毫不输双手健全的人。她运用心灵的智慧之手,发挥良能,不只是做环保,邻居有很多孤单的老人家,她还会去帮忙照顾。这种爱,哪怕是肢体有残缺,却是心灵完整的"好手"。

市中心的萤火虫

　　常常有人特地到山间去看萤火虫，其实，在市中心就可以看到一群萤火虫。

　　有些住在都市的志工，因为白天要工作无法去做环保，他们就相约下班后在环保回收点集合。一到定点，大家纷纷穿上反光衣，开始进行夜间环保。这不就像都市的一群萤火虫，在夜间闪闪发亮吗？

　　这些草根菩萨，不论是企业家，或是教授、博士、家庭主妇，或是一般的工人；不论是年轻人、老人或小孩，大家都走入环保志工的行列，用无所求的心态去付出；"尽我一份力量，做就对了"。不但做得欢喜，还做得相互感恩；以垃圾堆为修行道场，不厌弃杂乱与腐臭，任劳任怨，若非真正惜福爱

ACTION 51

一个动作就是一句佛号，
每跨出一步就当成是在朝山，
所以环保志工是最精进的人，
身心也能借此常保健康。

物的人，哪里能做到这样？

　　环保志工就是以佛心在疼爱地球，因为不忍心地球受毁伤，有的每天一大早天还未亮，就起床去清扫街道，捡资源做分类；只要看到纸张、饮料罐，一定弯下腰去捡起来。每次一弯腰，都当成是在顶礼诸佛，心里就默念一句"阿弥陀佛"。

　　一个动作就是一句佛号，每跨出一步就当成是在朝山，所以环保志工是最精进的人，身心也能借此常保健康。

　　在五浊垢重的时刻，芸芸众生中只要每个人发一份好心，不都是人间的萤火虫！

　　的确，不要看轻自己的力量，住在都市里，可以做都市的萤火虫；住在山上的，也可以照亮那一片大地；靠海的可以净海，保护大地的资源不流失，这就是草根菩提，也是人间菩萨。

我常常说，

人多力大福就大。

也就因为这样，

善的循环，爱的循环，

才会源源不断。

环保日不落

100个疼惜地球的思考和行动

小琉球——全岛做环保

这个小岛,为什么叫做小琉球?因为它的形状就像一颗漂流的球。岛上有八个村,分别为大福、渔福、中福、本福、杉福、上福、天福与南福,每个村都有一个福,所以有八个福共聚在这个小岛上。

纯朴的岛民人人善良,多数靠天生活。讨海人要求得一家温饱只能看天气的脸色,风平浪静、出海顺利、渔获丰富,这就是他们最大的期待了。

有一天,慈济环保风气渡过海洋,飘进了这个岛屿,质朴的岛民再度为建造祥和的净土而努力,从看得到的地方做起,进一步克服万难,让爱漂流出去。

许多讨海人都会喝酒,所以海滩上会有些酒罐、铝罐等,

ACTION 52

一颗种子从一而生无量,
无量也是从一颗种子开始的。
环保大爱从一念心开始,
如今普及全岛。

慈济人一开始推动净滩进而扩及海上,开着渔船在大海里"捕"垃圾,再带回陆地分类、回收资源。一手动时千手动,现在福岛上到处都有人在做环保,做得充实欢喜。

然而,小琉球当地并无大型回收场,这些分类好的资源要如何"垃圾变黄金"?于是又有发心的"船长"被慈济人接引进来,不收分文,一趟趟运载着清净地球的理想出航,将纸板、瓶罐等等运回台湾的回收场,跨海完成环保任务。

任务达成了,一张张长期被海风刻蚀的脸庞欢喜绽放,净海、净滩、净土地。这份爱,多么令人感动又赞叹!

环保大爱从一念心开始,如今普及全岛,这一颗种子从一而生无量。当然,无量也是从一颗种子开始的,所以人人不要轻视这一念心,一旦发心就要用心、集合人人爱心,能这样,力量就大了。

100个疼惜地球的思考和行动

菲律宾——推动垃圾分类回收

在台湾,我们把环保当成是修行、精进的道场,开启人人那颗懂得惜福爱物的心,这种身行教育,还可以推展到海外、教育到全球。常常可以看到美国、加拿大、日本、马来西亚……很多国家的慈济人,同样穿着志工背心在扫马路、做垃圾分类。

在菲律宾有一处垃圾山,许多穷困的人就在附近搭盖违章建筑,栖身在里面。

二〇〇一年七月间,前后有两个台风登陆菲律宾,造成这座垃圾山崩塌,竟掩埋了一百多户人家。

当地慈济人参与这场救灾活动后,感慨良多,尤其慈青们被深深启发了爱心,他们体会到垃圾山的问题是人的行为

ACTION 53

只是感动或同情,不会起大作用,
一定要采取行动;
内心起了悲悯,悲悯建立了愿力,
让人立下宏愿去做,
这就是悲愿。

所造成,想要改善,必须从自身做起,于是开始在马尼拉推动环保。假若人人有环保观念,就不会制造这么多垃圾,甚至囤积成垃圾山,所以他们不只开车到处宣导,还教导大家如何分类、回收,启发这份惜物惜福的爱心,并且把回收物整理得整整齐齐,定时载运处理,用行动来带动。

一时的感动或短暂的同情,都不会起大作用,有感动一定要采取行动;内心起了悲悯,悲悯就建立了愿力,让人立下宏愿去做,这就是悲愿。看看这些慈青们,就是由内心的悲悯,进而立愿、采取行动去做。

垃圾也是时间累积的,一天一天堆上去,最后变成垃圾山。我们如果每天做分类回收,就不会堆积,也不会有垃圾山的问题了。

加拿大——热心参与清洁活动

很奇怪！只要有华人住的地方，好像总是容易脏乱。所以加拿大温哥华慈济志工，配合当地市政府发起的"温哥华清洁活动"，固定每月清扫中国城街道，几年下来未曾间断。不只为了维持街道的干净亮丽，也是以身作则，期待能带动每一个人都爱惜周遭的环境。

二〇〇二年四月，温哥华市长颁发"最热烈参与奖"给慈济人，表扬这个团体以实际行动热烈参与，维护全市的整洁。当地慈济人都穿着志工服上台领奖，市长颁奖给慈济人之后，特别让志工转过身，指着背心上的文字告诉大家："你们看！他们就是慈济志工队。"因为背心后面所写的是慈济志工队，他就是表扬所有的慈济志工。

ACTION 54

无论到了哪个国家,
头顶着别人的天、脚踏着别人的地,
要懂得自力更生与回馈。
非常感恩他们能真正身体力行,
为当地民众提供最好的服务。

　　我常常提醒海外的慈济人,无论到了哪个国家,头顶着别人的天、脚踏着别人的地,要懂得就地取材自力更生,更要回馈当地。非常感恩他们都能落实这份精神,真正身体力行,为当地民众提供最好的服务。

　　当地慈济人已经做到被尊重,而且被疼惜了。

美国纽约——放下身段诚恳付出

曾经听过一句话:"有华人住的地方,就会看到垃圾。"虽然让人听了很难过,不过我们要争志,人文是要教育的,只要大家用心付出,就能提升华人在西方人眼中的品格。

美国慈济人刚开始在纽约华埠做环保、扫街时,有的人会用异样的眼光来看待,甚至问:"你们是不是做错了事,才被罚扫街?"还有人问:"扫街一天能赚多少钱?"

一般凡夫会有"各人自扫门前雪,不管他人瓦上霜"的心态,但是慈济人认为,这片土地虽不是我家门口,但因为我疼惜它,所以希望让所有的人都有个洁净的空间。因此,他们发起扫街行动,有许多参与扫街的人是大企业家,像济弘就是,他不只亲自拿起扫把,看到水沟里沾黏了口香糖,还拿

Action 55

赚很多钱是不是真的很高兴?
不一定;
但是无所求的去付出,
却会非常欢喜。

工具耐心地将它清除。

第一次扫街时,大家用怀疑的眼光看他们。清扫完了,离开不久,回头看又是脏的,他们还是身体力行,毫无怨言再扫一次。就这样一而再、再而三的行动,感动了这一带的人。

有位周老板在中国城开了一家很大的糕饼店,美国九一一事件发生后,看到慈济人及时投入付出,他备受感动。他说光是捐钱还不够,一定要自己投入去做,所以也加入了扫街的行列。但是他妈妈说:"你是一个老板,跟着大家去扫街,会不会被人取笑?"他回答:"看到干净的街道,感觉很欢喜,我不管别人用什么样的眼光看我,我做得很高兴,但愿能带动更多人来投入。"

没错,赚很多钱是不是真的很高兴? 不一定;但是无所求的去付出,却会非常欢喜。

约旦——皇宫也有回收站

每个人心中都有一份深藏在慈悲大爱中的缘,无论多遥远,不论在哪个角落,只要有缘,都会相聚在一起。

这种相聚不只是有形的,最重要的是无形的契合,若能同心同道同志愿,无论离得多远,都像近在咫尺。

例如在约旦负责慈济会务的陈秋华居士,他是亲王的侍卫长,也是皇宫里的教练,因为身份特殊,进出皇宫都很自由。约旦有许多难民营,他们虽然逃离战乱,却因为难民的身份而无法找工作,生活没有着落,只能靠援助度日。陈居士就负起了照顾难民的使命,还把皇宫里的侍卫,连亲王的公主都一起带出来做志工。

慈济的救灾原则是"取之当地,用之当地",请当地慈

ACTION 56

钱数虽不多,
重要的是落实回收的观念,
让大家提起惜福的心,
这就是一种教育。

济人自力更生。但是他们的会员并不多,如何取得经济来源去做救济工作?陈居士想出了一举两得的方法,就是在约旦推动资源回收。

要人家做,必须自己以身作则,他先从皇宫里开始做资源回收,后来连皇宫里都设立了资源回收站,国王的办公室里也有回收箱,他甚至将环保的理念推广到英国大使馆、加拿大大使馆等,让他们在办公室里都设了回收箱。的确很有本事,实在是大家的榜样。而且这些回收卖得的钱,都拿来做救济的工作。

总而言之,有心去做就没有困难,尤其从自己开始做起,就能感动和带动很多人。不论是饭店或商家,都会自动将回收物送到他家。刚开始回收资源,一个月只卖得台币三千多元,虽然不多,但重要的是把这种回收的观念,落实在每个人心中,让大家提起惜福的心,这就是一种教育。

100个疼惜地球的思考和行动

马来西亚——资源回收助洗肾中心

我常常赞叹马来西亚的慈青,他们在当地的生活并不富有,有的连求学都很辛苦,但他们知道父母亲的担子很重,所以在读书的生涯里很自爱。加入慈青社之后,跟师姑师伯们一起去做,为当地穷困人家付出,更能体会到人生的苦难。

在当地,需要洗肾的病人很多,但这笔医疗费用对穷困人家而言,是一大负担,所以慈济人在槟城设立一家洗肾中心,免费为穷困病患洗肾。既是免费,洗肾中心的负担也就非常庞大,这些经费要从哪里来呢?当然需要许许多多的爱心人一起投入,哪怕是点滴的力量,他们都不放弃;可是经费仍然不够。

当地慈济人听到我在呼吁"垃圾变黄金,黄金变爱心",

ACTION 57

为穷困人家付出,
更能体会到人生的苦难。
也就是因为这样,
善的循环,爱的循环,
才会源源不断。

就开始努力推动环保,做资源回收。这些慈青还到许多大楼去宣导,挨家挨户去推广环保理念,一来教导大家懂得惜福,二来让大家有机会做好事,因为资源回收的钱,可以捐给洗肾中心,帮助贫困人家洗肾,所以住户们都很支持,慈青们也每个星期都去载回收物。

我常常说,人多力大福就大。也就是因为这样,善的循环,爱的循环,才会源源不断。

一九九五年,马来西亚慈济志工迈开了环保志业的第一步。迄今,已设立超过两百个环保点,并荣获当地政府颁赠"环境特别奖"、"环境最友善机构"、"纸类回收卓越贡献奖"、"支持国家环保计划荣誉奖"。

美国圣地亚哥——拥抱地球的菩萨

　　看到全球慈济人都有着共同的环保意识,也就表示,大家都是惜福之人。的确,在天之下,地之上,遍地黄金,哪一件不是美好的物资呢?不论是一枝草、一朵花、一棵树……都需要我们疼惜爱护。

　　这样一路走过来,全球慈济人在这块土地上,不知回收了多少的资源,实在很令人感动。我们不要让用过的物资变成垃圾,应该要把它变成可再造的黄金,而且将垃圾堆变成一片净土;这一片净土要从心生,心净则土净。我们的心如果干净,愿意去惜福、爱物,自然垃圾堆也会变得很干净。

　　在推动环保的过程中,也有许多感人的故事,不只在台湾地区,海外也一样。例如在美国的圣地亚哥市,有位刘明

ACTION 58

在天之下，地之上，
哪一件不是美好的物资呢？
不论是一枝草、一朵花、一棵树，
都需要我们疼惜爱护。

山居士加入慈济后，也开始投入环保，但是要弯下腰去捡垃圾还是觉得很不好意思，他太太也问："你捐荣董*，还要去捡垃圾？"让他更是无言以对。

有时在社区里慢跑时，看到路边有垃圾，他就会弯下腰去捡，但只要看到有人来，又赶紧把垃圾放下，再慢慢往前跑，直到人家走过去了，才又跑回来把垃圾捡起来。常常都是这样，很想做环保，但是心里很不自在。

有一天，他又弯下腰去捡垃圾时，忽然后面有位美国老人家开口说："年轻人，谢谢你。"听到这句话，他整个心门都打开了，"我到底在怕什么？人家看到了也没有什么不好啊！"

另外有一次，当他把回收物集中好，要堆上卡车时，突然间来了一位蓬头垢面的妇女，要求他搭载一段路程。刘居士

---

* 捐荣董：即捐出一百万新台币。——编者注

心想：如果现在载她去，那这些回收的资源要怎么办？所以他就说："好，不过请你先帮我把这些回收品堆上车。"这位妇女点点头，就开始帮忙搬。

在搬的过程里，刘居士拿一串香蕉请这位妇女一起吃，两个人边吃边聊，才了解她的心事。原来她跟先生大吵一架，一气之下就离家出走。于是刘居士就和她分享普天三无——"普天之下没有我不原谅的人、没有我不爱的人、没有我不信任的人"，以及三好——"口说好话，心想好意，身行好事"。看到这位妇女听了很感动，他就抓住机会说："来，我送你回家。如果我们能时时称赞、善解和包容对方，一定会有幸福又快乐的人生。"送她回家后，当先生出来开门时，看到妻子，两个人就紧紧拥抱在一起。

实在很难得，做环保还能造福缘，成就人家夫妻团圆。

也是在圣地亚哥，当地慈济联络处的负责人慈荟，两年前开始在社区推动环保，还特地买了一部八人座的新车，不只载人,也载资源回收物。

她的儿子是医师,有一天看到妈妈的车子里有许多刮伤的痕迹,知道是因为载回收物,经常拖来拖去造成的,就很不以为然地说:"一辆车要四万多美金,你却拿来载垃圾?"慈荟就说:"车子买来就是要用,如果没有物尽其用,等于没有价值,何况垃圾可以变成黄金去救人,也是功德一件啊!"儿子听了还是叨叨念,她就静静听,比比看谁的修行功夫深!

有时候儿子跟妈妈到海滩去散步,妈妈看到可以回收的物品,就开始捡,儿子看在眼里,慢慢就被感动了。后来看到有铝罐,心里想捡,可是又弯不下腰,也拉不下面子,于是轻轻用脚一踢,踢到妈妈的身边。

他还会利用上下班的时间,到处去看看哪里有资源可回收,看到了就回来跟妈妈说。最后,他工作的地点也放了几个纸箱,帮忙收集一些瓶瓶罐罐,请妈妈来载。

这就是身教,儿子看到妈妈做得这么欢喜,又想到垃圾可以变黄金,黄金又变爱心,于是也投入环保行列。爱心妈妈,智慧儿子,多美的母子档。

所以,每次看到环保志工以佛心来疼爱地球,就让我从感恩而生爱,由爱又生出敬重的心。他们爱这片土地,不忍地球受毁伤,不就是拥抱地球的菩萨吗!

拆掉大殿与观音殿，
又会造成一堆废弃土，
我常说许多人为了盖豪宅，动不动就拆房子，
难道自己也要这么做吗？

慈济环保情

废土变成储水槽

还记得在公元一九九七年,静思精舍要增建慈诚楼时,有一天我去看工程进度,地基、筏基已经做好了,我就问:"接下来的工程是什么?"他们回答:"师父,等一下要把土回填了。"

我说:"回填废土,不如做储存雨水的设计,平时即能拿来浇花、浇草、浇树木,做到水资源再利用。"

他们听了觉得很有道理,就开始进行设计。

就这样,到现在都觉得这个方法很好用,甚至还可以充当机械冷却水、马桶冲水,节省许多水资源,也做到了水资源再利用。

此外,大林慈济医院比较靠近火车铁道,当初要动工时,

ACTION 59

回填废土,
不如做储存雨水的设计,
平时即能拿来浇花、浇草、浇树木,
做到水资源再利用。

我担心噪音太大,就建议他们用假山隔音。所以在建筑工地里所挖出来的土,就直接在此造了一座假山,并利用污水处理的技术,创造湿地生态。后来连水鸭、蝴蝶都聚集到这里来了,这种大自然的生态及景观,也是对大地的保育。

扩建大殿与观音殿

当年静思精舍增建,因为常住众与慈济人愈来愈多,原有的大殿与旧观音殿空间不敷使用,不得不扩大,但在考虑拆除重建时,我心里又不断对自己说:"不可以!"

大殿是在慈济什么都没有,一切都很克难的情况下建造的;为了建设大殿,我们当时负了七年的债,而所有的设计并没有请建筑师,都是由我自己设计,所以这是一幢充满纪念和回忆的建筑。

而观音殿最早是作为常住众的寮房,当年也发挥很大的功能。每次打佛七时,大家就把东西搬出去,提供给前来打佛七的人住,那么常住众睡哪里呢?等到晚上大家都就寝后,看看哪个走道没人睡,他们就在那里打地铺。虽然很克

THINKING 60

用拆下来的废土将中庭垫得和观音殿同高,
再把两道墙打通,做整体的装修,
既可减少建筑时所产生的废弃物,
也能真正利用可使用的空间和资源。

难,但也很温馨,白天它当办公室,晚上当寮房。

因此要拆除大殿与观音殿,我内心很挣扎,除了舍不得,也慎重考虑:"拆掉之后又造成一堆废弃土,我常说许多人为了盖豪宅,动不动就拆房子,难道自己也要这么做吗?"

后来终于想出一个两全其美的方法;用拆下来的废土将中庭垫得和观音殿同高,再把观音殿两道墙打通,做整体的装修即成。

这样一来,可减少建筑时所产生的废弃物,也能真正利用可使用的空间和资源。

100个疼惜地球的思考和行动

会呼吸的连锁砖

　　台湾九·二一地震发生后,我不断地想:为什么会地震呢?是不是整片大地都被伤害了?尤其都市里到处是柏油路,土地几乎没有呼吸的空间。就像皮肤的毛细孔阻塞,身体的水分、热气无法排出,人就会生病。土地也一样,大量的水泥柏油覆盖地面,下了雨,水分回不到土里,地底热气也散不出来,土地就会生病。而大地震,就如同密封的皮肤突然崩裂。

　　所以在兴建大爱屋时,我提出"要让大地有呼吸的空间,让大地能回收雨水"。慈济建筑中连锁砖的铺设,就是从那时开始。下雨时,雨水可以直接渗透,回归大地;二来连锁砖也可以回收再利用,永续环保。

Action 61

皮肤上的毛细孔被阻塞了,
身体的水分与热气无法排出,人就会生病。
土地也是一样,
大量的水泥及柏油覆盖在土地上,
地底热气散不出来,土地就会生病。

我和大家分享这样的想法后,虽不知道是否符合科学,但却是安心。我觉得安心就是环保,安心就是最科学。

铺连锁砖虽然很辛苦,但也就是因为这样,片片地砖寸寸爱,你一块、我一块,不断不断地铺排起来,铺出了连锁的爱。老人家来铺,小朋友也来铺,慈诚队、委员、社区志工、医护人员……甚至没有手的人也可以铺,只要有心没有做不到的事。这就是用心铺出来的,因而启发很多人的爱,用满怀欢喜来铺这片大地。

所以我都称铺连锁砖为"连锁爱",不只一块接着一块,在铺的过程里,也是一个人传给一个人,一直传接下去,用汗水、用爱铺起一条条道路。

工地人文

从一九九六年大林慈济医院的工程建设开始，慈济就在工地中推动"三不三高"原则。

"三不"——不抽烟、不喝酒、不吃槟榔。"三高"——高品质、高安全、高环保。

以往在一般建筑工地里，很多劳工朋友下班后都会相邀去喝酒。刚开始喝几杯，慢慢就难以控制，喝上瘾后，要戒掉就难了。所以我相信，只要能给他们一个好的大环境，以爱来呵护，用最诚恳的心辅导，他们的心轮就能转；心轮转，法就能深植心中，慢慢改掉这些不好的习惯。

后来每个月我到工地巡视，果然四处都很干净，没有垃圾与尘土飞扬，看到这么亮丽的工地，实在很欢喜。在建设

Action 62

工地四处都很干净，
没有垃圾与尘土飞扬，
在建设过程中，也能兼顾清洁、做到环保，
再加上彼此之间互动与感恩，
慢慢就形成了慈济的"工地人文"。

过程中，也能兼顾清洁，做到环保，这就是文化。再加上彼此之间互动与感恩，还有真诚的付出，慢慢就形成了慈济的"工地人文"。

最让人感恩的是工地里一团和气。记得当时大林慈济医院动工时，我告诉他们："一般工地都会出现对立的情况；营造、业主、建筑师三角对立。因为建筑师要监督营造厂，业主怕营建厂偷工减料，相互猜疑就难免产生对立。但是慈济的人文是合心、和气、互爱、协力，即使在建筑工程中，也不离我们的文化。"

也许有的人会认为"工"与"文"是两回事，但是一切事在人为，工地也能有工地人文。劳工朋友从进到工地上班开始，就展现出人文品质，虽然建筑物还没有完工，却已经成为一个菩萨道场。这样的工地才真正是台湾的文化，因为台湾人很纯朴、充满爱心，我们应该要做出台湾人的模范工地。

制

随身三宝

慈济的"随身三宝"就是碗、筷、杯。

有句话说"病从口入",很多细菌会经由碗、筷、杯而传染。就以竹筷来说,虽然名为"卫生筷",但其制造过程并不真的卫生。以台湾来说,如果每天每人平均使用两双筷子,卫生筷的使用量就高达数千万双,这些用过就丢的筷子囤积起来的数量不是很惊人吗?更何况还要砍伐很多竹子!

保丽龙*也一样,不仅在制作过程就已经污染大地,而且制作好后,就直接叠放,要用时也没有先洗过,很多人以为免洗餐具看起来干干净净,其实是很不卫生的物品。

---

* 保丽龙:由聚苯乙烯(Polystyrene)发泡制成,可制成蛋盒等塑胶制品。——编者注

ACTION 63

到外面用餐时,随身携带餐具,
一来可以保护自己的健康,
二来随时做环保。
很多细菌会经由碗、筷、杯而传染,
注重自己的卫生才是真正的保健。

　　而且免洗餐具用完就丢,也造成垃圾问题。大家都不希望与垃圾做邻居,却又不断制造垃圾。如果能把这样的观念推广出去,鼓励大家随身携带环保餐具,不但环保,也是一种保护自己的方式。我们爱这一片大地,同时也要爱自己的身体,请大家勤劳一点,注重自己的卫生才是真正的保健。

100个疼惜地球的思考和行动

不要轻视自己的一份力量，
不要忽视自己的一个动作，
即使是小小的力量与动作，
都可能成为带动全球的力量。

今天，是未来的历史

化学成分吞下肚

电池若是常常四处乱丢,等到外皮腐蚀后,里面的"汞(水银)"成分就会流出来造成污染。

一颗小小电池的影响即不可小觑,若是石化工业的污水排放不加节制,污染的层面又是如何?近年来,台湾各地农田纷纷传出"镉"、"汞"等重金属污染问题,黄澄澄的稻子即将收割,却接到检测不合格的消息,这下子,非但辛劳种植的稻子不能食用,农田更只能休耕甚至废耕。

然而在此之前,随着空气、土地的污染,人的肚子不知已吞下多少不知名的化学物质,这些毒素停留在我们体内,就容易引发病变。难怪有愈来愈多的罕见病例发生,其实,这都和大环境的污染密切相关。

ACTION 64

随着空气、土地的污染,
人的肚子不知吞下多少化学物质,
这些毒素停留在人体内,
就容易引发病变。

　　化学物质深入土壤、流入河流,随着大自然水汽的蒸发回到天上,再度降下雨量,可怕的是甘霖变成了"酸雨",再也不是清净的水。这样的结果真的让人很担心。

　　所以我对环保菩萨很尊敬,做环保不一定有什么大学问、大知识,只是有一片诚心要保护我们所存在的空间,让人类生活减少恐惧。

年轻世代接棒

全台湾约八十所大专院校设有慈青社（注：慈青全名为"慈济大专青年联谊会"），其中四十二所大专院校的慈青很积极在推动环保。像政治大学的慈青同学，他们在学校里净校，在校园里推动净化、环境卫生，积极从事纸类回收。

不只是在学校，有的时候也去净滩，无论是清净校园、净化海滩或是清扫街道，这些年轻人都一一热情参与。他们利用课余时间投入环保，这份精神感动了老师和同学们，每次大家休息的时候，老师看到慈青还埋头在做垃圾分类、资源回收，都会不由自主的走近他们的身边，赞叹地说声："你们辛苦了。"

我们可爱的慈青就会抬起头，挥着汗说："不辛苦，我们

ACTION 65

他们在这里学会缩小自己、配合他人,
得到生活的智慧,
获得付出后的快乐,
还结交了志同道合的好朋友。
更在社会小人物身上找到面对人生的答案。

做得很开心。"

老师好奇又问:"你们做得那么辛苦,怎么那么开心?"

他们就会说:"来嘛!老师也一起来,您来尝试看看,就知道我们为什么做得开心了。"

纵观现代社会,青少年问题多多,在慈青的生活周围环境,有的年轻人会说功课压力大,有的罹患了忧郁症,慈青们知道了,就会邀请他说:"功课遇到困难的时候,就暂时放下,一起来做环保分类,在这里轻安自在,有什么心事大家相互分享,相信你会做得很开心。"结果,有忧郁症的、有功课压力的、不开心的,还有些有人际关系困扰、打不开心门的,这些年轻的孩子也都会到环保站来。

他们在这里学会缩小自己、配合他人,得到生活的智慧,获得付出后的快乐,还结交了志同道合的好朋友,更在许多社会小人物的身上找到面对人生的答案。慢慢的打开心门,渐渐就能告别忧郁症的阴影。

你看，这都是慈青孩子热力四散的影响，默默为社会回馈奉献，那样用爱用力去付出，那一种用双手来抚慰地球，来净化环境，令人看了都会很疼惜他们。谁说现在的年轻人都是"草莓族"，中看而不中用？看到了我们的慈青，你不疼他、不爱他、不夸赞他，的确很难啊！看，我们这一群孩子不都是宝吗？真是社会的宝。

还有中华科技大学的慈青也是一样，他们做环保做到感动了学校，所以学校就为他们搭了一间环保屋。这些慈青们还爬进环保子母车去"寻宝"，他们不舍纸张、瓶罐就这样白白丢掉，所以他们跳进了垃圾子母车里，一一把可回收物捡拾起来，冲洗干净后再进行分类回收。

之间有一段感人的插曲，就是有位拾荒老人，平常以收捡宝特瓶维生，看到这群孩子在捡纸张，开头的时候冷眼旁观说："你们这些孩子，在那里捡纸张是要做什么？我捡我的宝特瓶，你们捡你们的，井水不犯河水。"就是这样。

但是这些慈青很乖巧,他们就说:"阿公,这里有宝特瓶。"自动帮起阿公捡宝特瓶。就这样开始,捡纸张的同时也捡宝特瓶送给这位阿公,还教他要分类仔细去卖才值钱,并且顺手帮助阿公做分类。阿公被这一群年轻人感动,转而说道:"好,你捡宝特瓶给我,我捡纸张给你。"就这样爱的交流美丽回响,那种爱的动力,的确很温馨。

心室效应

地震、风灾固然可怕,心灵灾难所汇聚的浊气,却比大自然灾变的破坏力更甚,更令人忧虑。

从地图上一望,台湾的面积很小,犹如汪洋中的一条船,又像水盆里的一片叶子。生活在这块土地上的我们,就像是同在一艘船上的乘客,要同舟共济,无论从事各项行业、各自坐在哪一个位置,都要循规蹈矩,守好做人的本分,才能使船行平稳、乘风破浪。反之,如果遇到风浪,你也乱喊我也乱动,这样的混乱,就会让整艘船陷入危险之中。

每天打开电视,所见的经常都是打杀与谩骂,此暴戾之气的毒害,更甚于鸦片烟毒,因为这样的毒害已深入到人的心里。

THINKING 66

"温室效应"来自于人的"心室效应"，
一念恶是一分浊流，一念善就是一分清流，
善的"心室效应"愈强，
就能冲淡"温室效应"，
缔造平安与祥和。

　　我们社会不知道怎么了，争端、冲突不断。其实分析起来，什么都没有，往往只因一句话的偏差，就导致满城风雨。人与人之间为了争名利、争地位反目成仇，社会人心如烟雾迷茫，看不清身处何处。台湾像海中的一艘船，也像河面上的一片叶子随水漂流。平静的水面上，只要丢下一粒石头，水面波动，叶子就会受到摇荡。社会贪欲浓重，相互欺诈斗争，就像浊流浊气汇聚，很令人担心。

　　台湾需要人心静定；人心静定才能平息愤怒、嫉妒、恐惧等等心灵灾难，唯有做好心灵环保，四周风平浪静，才能免于陷入险境。因为大自然有"气流"，人心也有气流，我相信，人的心灵与大自然的气候能相互感应——只要人人心中有一股清流、有一份敬畏天地的戒慎，真正对大自然生起尊重敬爱之心，就能感得天地平安、风调雨顺。

　　曾任花莲慈济医学中心院长的林欣荣医师，专长于脑神经外科，我曾请教他："在人类脑神经系统研究中，是否也存在着类似效应？"林医师表示，现今电脑科技已经研发出能接收脑波讯号的仪器，人们只要眨个眼，就能透过视神经传导、指挥电脑鼠标，表达心里的想法。

由此可知，人类身、心、脑的互动效应，的确可以影响外在环境。

人群的聚集会形成"人气"，心念的汇聚也能凝结成力量。天地的大乾坤受到污染酿成灾变，我们人人的心地，也有一个小乾坤，若人心偏差，人们彼此咒骂，这种声波效应，会为家庭、社会、国家带来灾难；若人人以"和"相待、用最虔诚的一念善心祈祷，让一股股清流汇聚，就能产生"福气"，推开灾难的气流。

就如大自然的"温室效应"引发天灾一样，人与人之间的怒气也会造成恶业的气流，引发灾厄。如何推开这股恶业的气流？只要众人把握住每一个刹那间生起的好念。因为"温室效应"其实来自于人的"心室效应"，一念恶是一分浊流,一念善就是一分清流,社会上好人凝聚得愈多、人心净化得愈好,善的"心室效应"愈强——人人汇聚善的心念:互助、互爱、感恩及尊重,就能冲淡"温室效应",缔造平安与祥和。

所以,要从修养个人的心性做起,推及家庭、社会,人人的心、气、力和谐,自然就会往善的方向凝聚福力。

众生共业,若恶业增加趋重,善人减少,力量也变轻,将加速世间受恶力毁坏的循环;众生是心力效应,期待大家来提倡好的、善的影响,多一份善力,善的力量大,才能风调雨顺。

环保五化

慈济人长久以来推动"环保五化",即是——环保年轻化、环保生活化、环保知识化、环保家庭化、环保心灵化(编按:随着环保风气日益普遍,近年另提出"环保精致化""环保健康化",结合为"环保七化"),做环保可不是老年人的专利,年轻人有体力,将来住在地球上的时间比老人家长久,疼惜地球更有责任,年轻人更需要去付出。慈济人希望先由校园做起,最后能带动所有的年轻人。

"环保生活化",慈济人有生活三宝,出门随身携带环

ACTION 67

环保年轻化，
环保生活化，
环保知识化，
环保家庭化，
环保心灵化。

保碗、筷、杯；有许多人奉行着"出门不带生活三宝，一日不食"。

当时担任大林慈济医院副院长的简守信医师曾分享，医院启业之初，他计算过，所有医护人员、志工及病患，一天有一二千人在医院用餐，假如都使用免洗筷，一日三餐就用掉七八千双筷子，需要砍伐多少竹子才能做成？所以大林慈院从启业起，就宣导不用免洗筷，改为自备环保筷，病人住院时也会送他一双筷子。

"环保知识化"，就是要深入研究，将环保的意义与道理分析给大家听。

有人研究过，回收五十公斤的纸张，就能拯救一棵二十年生的大树；回收一个铝罐所节省的电力，可以看三小时的电视。

数字会说话,也能引起大家更加重视资源回收。

慈济各地环保站,已成为各级学校环保教育最好的课外教学站,从小学到幼教,老师都会带小朋友来了解,环保志工就会深入浅出的引导孩子们,知福惜福,也懂得如何做资源分类。

"环保家庭化",不仅在学校带动,也要带入家庭,还不忘深入社区家家户户去宣导,因为做环保不只是自己的事情,也要带给家人、邻里都有共同的环保意识。

"环保心灵化",让人人口说环保——说好话,心也环保——发好愿,身一样环保——做好事。

古人云:"勿因善小而不为,勿因恶小而为之。"

动手做环保,就是保护地球,不要嫌自己的力量小,只要用心、积极,把握分秒不空过,时间累积,就能影响深远。

以身作则

地球是大家的，我们都有责任保护它，不要怕力量小，我们要做别人不愿做的事，"以身作则"，就能感动别人一同来做。所谓"一手动时千手动，一眼观时千眼观"，如果看到脏乱就能动手清理，地球才能清净，资源才会充足；若只想顾好自己的家，别人的家不干净，臭味一样会到处飘散。从一个家庭，进而地区、乡镇，乃至一个国家，只要大家肯动手做，同心出力，我想环境要净化不会太难。

现在遍布于各地区的慈济人都有这份心念，也表现出团结祥和的力量，这让我很高兴也很安慰，希望这份力量年年增加，因为光是慈济人来做还不够，要带动全球的人有惜福的观念，才会知道造福；要呼吁全球的人一起来爱这块土地，

ACTION 68

只要大家肯动手做，
看到脏乱能动手清理，
将环保落实在自己生活中，
则净化环境不会太难。

才能真正保护地球。

　　我们要把这样的精神、知识、理念传递到全球，就必须先将环保落实在自己的生活中。请大家不要轻视自己的一份力量，不要忽视自己的一个动作，即使是小小的力量与动作，都可能成为带动全球的力量。因为小小的善若能集合起来，就是大的善，让垃圾变黄金，黄金变爱心，爱心化清流，清流绕全球，滋润大地，净化人心！

卷三：净化身心灵

有人问："祈祷有没有用？"
绝对有用！
因为这是一种善念声波的共振，
必能上达诸天诸佛诸菩萨。

人,没有谁最大,
没有哪一个人无所不能,
每一个人都有"不能"的时候。

当瘟疫来临

警世的觉悟

这几年来,我不断的说,惊世的灾难,一定要有警世的觉悟。从台湾"九·二一"地震开始,到"九·一一"劫机攻击双子星大楼事件、美伊战争,以及让全球闻之色变的SARS疫情,人类应该在这一波波灾难中彻底觉悟。

如何觉悟呢?最重要的方法,就是要谦卑、互爱、感恩。

无论自以为多强的国家,一旦病毒出现,他们同样会害怕,即使在科学很发达或很富有的国家,也无法抵挡SARS来袭。所以,人,没有谁最大,没有哪一个人无所不能,每个人都有"不能"的时候。

佛陀在世,也说他有三不能——不能改变定业、不能化导无缘众生及不能救度所有众生,何况我们只是凡夫。所

THINKING 69

惊世的灾难，
一定要有警世的觉悟。
人类应该在一波波灾难中彻底觉悟，
最重要的方法，
就是要谦卑、互爱、感恩。

以，大家要用谦卑的心、虔诚的念，时时感恩，发挥共同的大爱，最重要的是要用虔诚的心祈祷。

有人问："祈祷有没有用呢？"绝对有用！因为这是一种善的声波共振，大家发出共同的祝福，众人善念的声波必能上达诸天诸佛诸菩萨，所以我们一定要时时用虔诚的心来祈祷。

编织爱的保护网

以前常是哪里有灾难,台湾慈济人即率先启动,接着呼吁全球慈济人共同投入关怀。台湾发生SARS疫情后,有五大洲共二十六个国家寄来爱心口罩,其中有许多是我们曾去帮助过的国家。这些无私的爱,不断从远途回归台湾。

紧接着,慈济人从机场开始整理、出关,再分类、打包,送到全台有需要的医院,可见人间菩萨网编织得十分紧密,绵密的爱相互传递,没有距离。

从香港开始,在大家还很害怕时,慈济人就勇敢的去付出,如关怀医护人员、到街头巷尾发放口罩等;台湾也一样,除了不在封闭空间集众外,大家也利用机会到公园去带动,发放防疫手册的同时推动"爱洒人间",启发人人的悲心,以

ACTION 70

我们应该编织一个保护网,
一层、二层、三层……千千万万层,
将爱绵绵密密的编织起来,
就能罩住很微细的心灵病毒。

虔诚心来共同祈祷。

我们应该编织一个保护网,将爱绵绵密密的编织起来,就能罩住很微细的心灵病毒。一层不够,还要二层、三层、四层……千千万万层的爱,编织出高密度的爱之网,有爱就有福,有爱就能消弭灾难。这道理自古有之,如前人所说:"积善之家有余庆。"这张绵密的爱之网,必须内外一致来编织。

虽然SARS的威胁力很强,但在这场危机中,也看到人类的转机;让我们有机会唤回人性的单纯,并且上了一堂课:千万不要坐拥自大与傲慢。我们身处在微生物的世界里,无法确切得知它的所在,一定要用敬畏的心,才能和平共存,在人与万物之间,学会谦卑、相互敬重,才能相安无事。

但愿这样警世的觉悟,要逐步踏实,不断往前走。

用斋戒来祝福

从前，国家有灾难时，上自天子、大臣以至庶民、百姓，都要斋戒，以清净身心来召感吉祥。在SARS那段期间，我最大的心愿，就是希望全台湾能共同虔诚斋戒。至少在三天里，大家一致吃素、戒杀，就当成整个台湾在作醮，将屠宰场都净空，所有地方彻底消毒，如此人人身心清净，整个大环境也净化了，就能累积善的共业，消弭恶的共业。

我一直在呼吁斋戒，"斋戒"的意思，就是要尊重生命。

佛陀在世时，有位国王诏令全国举行大庆典，典礼中必须用许多动物来祭拜。佛陀知道了就问国王："为了什么事，要举行这么大的庆典？"国王说："我要为母亲过七十岁大寿，所以想举行全国祭典来庆祝。"佛陀就告诉他："真正的

ACTION 71

至少在三天里,
大家一致吃素、戒杀,
就当成整个台湾在作醮,
将所有地方彻底消毒,
就能累积善的共业,消弭恶的共业。

孝顺,是要为母亲添寿来祝福才对。但是你想想,杀了这么多动物来举办庆典,等于是造了杀生的因,哪里能让母亲得到长命的果呢?杀业是折寿,并不是添寿啊!"

这位国王听了,觉得很有道理,为了母亲的生日而杀害这么多的生命,这些罪业不是归咎于母亲吗?于是决定取消这种杀害动物来祭拜的庆典。

大林慈济医院的志工在SARS期间,也遇到一则很类似的个案。有位阿嬷一百岁了,子孙个个都很孝顺,亲戚朋友觉得人生百岁古来稀,子孙都认为该为阿嬷做大寿。

后来这位阿嬷不小心跌了一跤,送到大林慈济医院,住院期间志工常去陪伴。有次在谈话中,他们就说:"等妈妈出院后,一百岁的生日我们要更用心来办。"

志工就问:"你们要怎么做呢?"

"一般做大生日就是杀猪宰羊、热闹热闹嘛!所以我们会请很多人来参加。谢谢你们这段时间的照顾,到时候你们也要来喔!"

"不过,我们吃素耶!"

"没关系,另外办素食桌就好了。"

志工又说:"你们这些子孙真孝顺,但是我们师父说,要添寿,就不要杀生。你可知道,杀死其他生命来庆祝生日,这些业都会算在阿嬷身上,是阿嬷要承担,因为你们是为她而杀的。"

他们听了吓一跳:"真的是这样吗?那怎么办?"

志工开始劝导:"你们能为阿嬷持斋吗? SARS病毒不断扩散,这是一个很危险的瘟疫时期,我们师父很希望大家都能响应斋戒,用最虔诚的心来祈祷这一波瘟疫赶快过去。斋就是素食,戒是不能杀生,如果你们也虔诚斋戒,把功德回向给妈妈,就是帮她添福寿。"

子孙们听了很欢喜,这位百岁阿嬷知道后,也说:"这样好,这样好!"

在浴佛节当天，他们家族里的子子孙孙，以及亲朋好友，一群人浩浩荡荡来陪阿嬷浴佛，真是皆大欢喜！

本来为了庆祝百岁生日，不知要杀害多少生灵，志工用智慧来引导及沟通，不但救了许多生命，又启发这么多人的善心，愿意持斋来为阿嬷祝福，这就是智慧。

世上刀兵劫

有人喜欢放生，但大多是因为家里有人生病等等问题，才来放生做功德。其实，佛教所提倡的是"护生"，并且要尊重生命，而斋戒就能达到护生的意涵。若能懂得众生平等的道理，人类就会尊重所有的生命。

杀生是件非常残酷的事，不论牛、羊、鸡、鸭或是鱼、虾、螃蟹，被人捕捉捆绑即将宰杀时，它们知道将受刀割火烹之苦，心中的那种恐惧，真是难以言喻啊！而利刃割身之际，更是痛苦至极！人类为满足口腹之欲，残害众生性命，而它们与人类一样具有灵性，既被杀，必含怨，有怨必有报，因果轮回、冤冤相报即化为刀兵劫难，致使人类自相残杀。所以，天下的战乱灾厄如何能平息呢？

THINKING 72

人类为满足口腹之欲，
残害众生性命，
既被杀，必含怨，有怨必有报，
冤冤相报即化为刀兵劫难，
天下之灾厄无法止息。

"欲知世上刀兵劫，但听屠门夜半声。"杀业重的地方，战争就愈多，尤其现在已经进步到电动屠宰，猪群从这边赶进去，从那边出来时，已经是一条条杀好的猪了。生命真是在瞬息之间啊！杀猪进步到电动屠宰，战争也进步到核武器了，所以说要杀猪，连让猪叫的时间都没有；同样的核战争要杀人，连给人叫的机会也没有啊！

人类为了口欲，非吃众生不可，等到发生疫情时，就大量扑杀，是否杀掉这些众生，我们就会平安？并不会，因为细菌会不断繁殖。若能够全面禁屠，来个大清扫、大消毒；人民也能普遍素食，让鱼能在水里自在悠游，让鸟能在空中自由飞翔，让生灵都能过着不必害怕被捕杀的日子，能够这样，那是最好的。

爱人类也要爱动物

有人问为什么要素食？是因为"爱众生命，不忍食其肉"。我很期待斋戒能持续下去，因为呼吁斋戒，不只是教大家吃素而已，最重要的是希望能借此净化人心。唯有人心净化，才能真正趋吉避凶。

爱，在冬天像生起火堆那样令人温暖；在炎热的地方，则像一阵阵春风那样让人清凉，所以爱心就是最好的调剂。但是我们的爱要很普遍，不只对人类，也要庇护动物。

看到全球五大洲都在响应斋戒，很令人感动，在国外要提倡斋戒，谈何容易，难得的是他们难行能行。像马来西亚慈济人便以供斋方式，免费提供素食给社会大众，引导大家来素食，此即方便法门，好处良多。而在南非，虽然许多黑

ACTION 73

呼吁斋戒，
不只是教大家吃素而已，
最重要的是希望能借此净化人心。
唯有人心净化，
才能真正趋吉避凶。

人是天主教徒或基督教徒，但是因为慈济人长久以来在南非用爱耕耘，所以在SARS期间他们也响应斋戒，诚心为台湾祝福，祈祷天主赐福给台湾。

这是一个好现象，这就是善的循环，只要有人推动，善的风气一定可以提升起来。

斋戒，并不是一次的活动就结束了，我们要让斋戒成为长期运动。

100个疼惜地球的思考和行动

所谓爱,就是慈悲,
而慈悲就是要保护众生,
"众生"不单指人而言,
所有的生命都是"众生"。

| 蠢 | 动 | 含 | 灵 | 皆 | 有 | 情 |

折翼鸟

何谓"众生"？所有的生命,蠢动含灵皆是。天地之间,天上飞的鸟,海中游的鱼,地上走的兽,有大、有小,各形、各色;万物各得其所,悠游自在,这是多么美的景象！就如我在精舍早课晨语时,静听虫鸣鸟叫的声音,以及大地呼吸的声音,那真是很美的境界。虫鱼鸟兽为人间增添很多生气,生活其中,也感到充满欣欣向荣的生命力。

我还记得以前到屏东枫港时,当地正流行烤小鸟。每次经过看到,我都会把那些小鸟全买下来放生;但是,有的小鸟翅膀被折断,有的是脚被折断,更残忍的,是把鸟嘴也折断,看了实在令人心好痛。

我们所希望的"福",就是我们所造的"果"。不去造杀

THINKING 74

吃,只不过是一种入口的感觉,
食物吞下后,
在肚子里就已经变成不净物。
一切无非是来自心的贪欲,
人就是因为欲望太大,以致苦恼不尽。

业的因,人人才能平安,有福气。

偏偏人类永远填不满的就是鼻下横。吃,只不过是一种入口的感觉,食物吞下后,在肚子里就已经变成不净物。有些人吃了昂贵的食物,喝了名贵的酒,等酒醉时,呕吐物都又脏又令人害怕。但人类为了满足鼻下横——这一张小小嘴巴的欲望,几乎吃尽天下众生肉,这一切无非是来自心的贪欲。人就是因为欲望太大,以致苦恼不尽。

100个疼惜地球的思考和行动

有灵性的鸭子

哪一种生命没有灵性呢？之前看到一则报导，有位阿公出门散步时，常带着一只鸭子和他做伴。那只鸭子仿佛能了解阿公的心意，阿公走路的时候它就摇摇摆摆地跑在前面。回头看看阿公还没到，它就在那里等，若是阿公和人说话，它会再走回来蹲在阿公脚边。

记者就问阿公："这只鸭子会听你的话吗？"他说："会啊！听得懂！我如果生病了起不来，它就会守在床底下，每过一会儿就把头伸得长长的，扯我的衣服一下；有的时候我觉得无聊，它会在床底下唱歌给我听。"听起来觉得人性和动物是那样接近。

再问阿公："这只鸭子是你养的吗？"他说："捡的。不知道为什么在溪边被水淹了，两个翅膀在那里一拍一拍的挣

THINKING 75

除了人以外,还有很多动物,
看看鸟儿,看看狗儿,
让空中飞的自在飞,水里游的悠然游,
一切万物和谐共处,
世界因此更加丰富和欢喜。

扎,我看着可怜把它捡起来,还帮它洗洗澡。又看它很可爱,我就省下一点饭给它吃,它就不走了,住在我这里。"这是不是鸭子也有灵性,阿公救它,它就跟定了阿公,而且知道阿公是孤老一人,所以生病时,它也会在一旁照顾阿公?

像这样可爱的生命,你能杀得了手吗?真的忍心吃它的肉吗?你看,动物就是这么有灵性,它也是生命,它也有觉知,懂得回报它的爱。

有一回我要出门,精舍的狗——大宝,就跑到车子旁边等候,我走到车边,它早一步跳上了车,可能以为能带它出门。有人叫它:"大宝,下来!你不能出去,回去看家!"它才乖乖下来,实在很可爱。

世上还有其他的动物,如果能好好去欣赏它们、疼爱它们,不是很好吗?除了人以外,我们还能看到很多动物,看看鸟儿,看看狗儿,多可爱啊!我们的世界因此更加丰富和欢喜!

让空中飞的自在飞,水里游的悠然游,一切万物和谐共处,这就是"尊重生命"。

海豚救人

有部纪录片《生命的呐喊》,描述了许多人与动物间真实的生态。人为了吃,大量饲养鸡、鸭、猪等动物及种种禽类,然后杀害,无不都是为了满足口欲,想来实在很可悲!要知道,动物也有情感,它们也希望与人类和平共存。

曾有新闻报导四名泳客在新西兰北部海岸,遭一群海豚团团围住;有人试图游出重围,却又被海豚赶回去……就在此时,他们发现不远处有条大白鲨不断逼近,众人这才恍然大悟——原来,海豚是来保护他们的!而鲨鱼因为无法靠近,最后只好游开。

海豚有爱,且能爱护与它们不同种类的人。而人类以"万物之灵"自居,更应该懂得互助互爱,并将爱心扩及所有

THINKING 76

人类以"万物之灵"自居，
更应该懂得互助互爱，
并将爱心扩及所有生物。

生物。

　　从SARS疫情爆发后，我就不断提倡斋戒、茹素，唯有尊重疼惜万物的生命，人与自然界生物才能和平相处。而素食即是心灵环保与体内环保的配合，不只净化自己的身体，也是培养尊重生命的慈悲心。

　　若能有一颗疼惜的慈悲心，就是天地万物生命的泉源、调和大地生态的重要一环，更是人与人之间互助互爱的不二法门。

毒素从口入

有篇新闻报导说,现代人生了病打针吃药,愈来愈不容易痊愈,医界虽不断发明新药,但细菌一种比一种强,药物也用得一次比一次重,到后来细菌都产生出抗药性。

这让人想到,以前的猪大部分吃馊水长大,现在不只吃饲料,还有其他添加物,有的甚至还打针。因为科学愈发达,不断改变畜养方式,人们在饲养动物时,也使用了非自然的方法,包括施打药物,这些药物残留在动物体内,而人吃动物后,药物就囤积在人体内,因而导致体质改变,免疫力降低,甚至产生抗药性。

加上人类刻意繁殖,提供蛋、肉的家禽也愈来愈多,人所食用的五谷杂粮必须分给它们,为了供应足够的食料,必须

THINKING 77

人类在畜养动物时，
使用了非自然的方法，包括施打药物，
这些药物残留在动物体内，
人吃动物后，药物就囤积在人体内，
导致体质改变，甚至产生抗药性。

砍伐森林改种牧草。于是，不但人的杂粮食物减少，可耕种谷物的土地面积也减少了。

此外，禽畜大量繁殖，排泄物增加，不但污染土质，也污染水源等等，种种恶性循环。这一切都起因于人类的口腹之欲，所以光一个"食"字，就有很深奥的道理存在啊！

人类大量饲养禽畜，想尽办法提高产量，只不过为了满足口欲，然而，动物也会起瞋恨心，再加上食用化学生长激素，体内可说充满身心病态的毒素。人若吃了，毒素便从口入，累积在人体内，久了不免造成伤害。而生存空间日渐拥挤，人与动物经常相处一起，动物身上的病毒容易感染到人体，产生疾病，甚至造成瘟疫。

一旦动物间发生疫情，人类就全面进行扑杀，动物也有灵性，它们能到哪里求救？它们的哀嚎声谁能听到？谁能听得懂那种悲凄怨恨？到头来，冤冤相报，动物的疾病总有一天到了人类身上。这种人与动物的关系，实在很可怕。

长养慈悲心

"众生"不单指人而言,所有的生命都是"众生"。素食是长养慈悲、培养爱心的表现,因为不忍食众生肉,若多一些人素食,杀业就会减少了。人啊!真的不应该杀害众生命,来满足自己的口腹之欲,疼惜生命,是我们的本分。

期待大家在每一餐、每一天中,都要抱着斋戒的心,不要为了补给自己的性命,而损害众生命。要维持生命健康,不一定要食用其他动物的肉,大自然提供万物,让我们可以生活,人们只要用感恩心来吸收营养就足够了。

是否人不吃肉,就真的无法生存下去?不,吃素可以生活得更健康、更干净,而且更丰富。

有一则新闻报导指出,生产一磅小麦需要二十五加仑的

ACTION 78

期待大家在每一餐、每一天中,
都要抱着斋戒的心,
多一些人素食,杀业就会减少,
吃素,让身体环保,心灵也环保,
疼惜生命,是我们的本分。

水;生产一磅牛肉所需的谷类,则平均要用掉两千五百加仑的水,这要多耗费一百倍的水资源。另外,许多森林不断被砍伐以种植牧场所需要的饲料,不但破坏生态,也造成表土流失,报导中还说,在美国有超过一半以上的用水,是拿来灌溉种植饲料的土地,还有大量的水用来冲洗牲畜的排泄物。

而饲养这么多的动物,不就是为了满足人类的口欲吗?在生活过程中,人类是消耗者,不断在消耗地球资源,但是面对滴水如金的世纪,我们还要这样继续下去吗?

大家都在做环保,懂得保护大地,但是也要保护自己的身体;吃素,让身体环保,心灵也环保。但愿大家能好好的思考——我们该过什么样的生活?

100个疼惜地球的思考和行动

"端碗龙含珠,举箸凤饮水",
培养具有美感的饮食文化,
也能增加生活的品位。

心 素 食 仪

健康食

日本人把素食称为精进料理,也叫做健康食。因为吃素能让我们头脑清楚、身体健康,还能自我环保,所以说是健康食。

对人类的生理来说,素食多蔬多果多纤维,营养丰富、促进消化;就体力来说,长期素食者较有耐力,不似肉食者有瞬间爆发力却难以持久;依心理来说,素食者都较温和有耐心。这不是空口白话,而是得自素食者长期体验及科学研究实际验证,已发表的资料随处可见。

又比如静思精舍的出家人,捐血时,检验师都会说他们的血最干净,而且血红素充足。体力上,大家每天早晨不到四点就起床,一天当中总是忙个不停,但是大家都有这份耐

THINKING 79

吃东西最主要目的是维持生命，
素食多蔬多果多纤维，
营养丰富又促进消化，
不仅让人头脑清楚，身体健康，
还能自我环保。

力做事。这都是长期吃素养成的。

　　现在人多已养成大鱼大肉的饮食习惯，其实吃东西最主要的目的是提供营养以维持生命，干净、简单就是健康。素食可以不杀生，可以避免因大量饲养牲畜而伐林植牧草，可以减少动物的排泄污染水源，更可杜绝动物被注射的抗生素、生长激素残留在人体内，这才是人与大地万物和谐对待之道。

100个疼惜地球的思考和行动

素食工地

　　慈济的工地皆供应素食,香积志工每天都会为劳工朋友们准备营养均衡的午餐。看到劳工朋友吃饭的时候,静悄悄,没有人喧哗。虽然大家用餐的碗有大有小,但端碗的姿势都是龙口含珠,很有人文的气息。

　　素食是健康食,素食又能不喝酒;我们都知道酒如果喝太多,很伤身体,将酒戒掉,不仅对身体好,对生活上也可以避免酒后乱性,还能省下买酒钱,可说是一举数得。

　　而且在工地受到"心素食仪"的熏陶,有的劳工朋友回到家,用完餐,还会帮忙洗碗,太太看到先生这样的转变,都非常的感动。其中有位太太说,结婚十多年了,先生从来没有帮她洗过一个碗,每次回去都说:"我在外面赚钱,累得半

ACTION 80

工地里不喝酒、不抽烟、不嚼槟榔,
提供营养均衡的素食,
不使用保丽龙、纸餐盒等餐具,
大家必须自备碗筷,
吃完了自己洗碗。

死了,回家应该要享受。"这位太太感到不可思议,自从先生来到慈济的工地后,回家竟然会自动帮忙洗碗。

因为我们的工地里不使用保丽龙、纸餐盒等用过即丢的餐具,大家必须自备碗筷,吃完了还要自己洗碗,所以他们回家后就懂得应该体贴,帮太太洗碗。

在工地里不仅不喝酒,而且不抽烟、不嚼槟榔。吃槟榔不用说有没有,看一看就知道了。以前有的工地一进去就酒瓶、槟榔渣、烟蒂到处丢,甚至有的人可能比较懒得去比较远的厕所,所以工地还没清理之前,那个味道真的是很难闻,这种工地真的很糟。

工地能整洁干净,工地的环保卫生才会好。这是一种带动,不是做不到,只要老板有心要做,我想劳工朋友们也会用心做。在工地,人人能守住自己的本分,能自爱,不喝酒、不抽烟、不嚼槟榔也不赌博,这都是保护自己,也提升了工作品质,回家后一家人更能和乐融融,这都是很令人感动的事情。

100个疼惜地球的思考和行动

带着热便当出门

因为SARS，我们应该自我反省，重新调整生活方式，把过去不好的习气矫正过来，让人人的生活正常化。

有许多人习惯在外应酬，不回家吃饭，这样哪里像一个家呢？亲子之情也因此慢慢淡化掉，家庭成员各行各的路，你吃你的路边摊，我走我的大饭店。家，在哪里？只是睡觉的地方吗？这样不对，家，应该是"生活"的地方。

一个家庭要温暖，就要有很健全的生活，亲子之间互动要密集，让孩子们知道父母在忙些什么，父母也要知道孩子的生活是否规律正常，而最好的共聚时刻，就是用餐时间。

以前常听到左邻右舍的妈妈们，为了孩子的便当而用心，这种温馨的画面，现在已经很少见了。有些妈妈早上起

ACTION 81

以前常听到左邻右舍的妈妈们,
为了孩子的便当而用心,
这种温馨的画面,
现在已经很少见了。

得晚,孩子要上学,她事先把钱放在桌上,再写一张字条交代,孩子一早背了书包出门,到底吃了什么,父母也不知道。

较之从前的生活,一些家庭的生活伦理都已经慢慢淡化了。假如家庭能够恢复以往的形态,在父母上班、孩子上学之前,早餐时间全家相聚,享受天伦之乐;出门时,带着热便当欢欢喜喜地出门;晚餐回家吃饭,妈妈可以变换菜色,甚至把餐桌布置得温馨优美,也可以点上烛光增加气氛。多用一点心,全家人吃得卫生,亲子感情又浓厚,这就是最幸福的家庭了。

吃出卫生

中国人吃饭,"端碗龙含珠,举箸凤饮水",这就是一种文化。我们拥有这样优美的文化,更要具备卫生观念,在餐桌上使用公筷母匙,亲友同桌吃饭,一样要"吃出卫生"。常常说病从口入,不要拿个人用过的筷子又去夹菜,才能预防疾病传染。

至于餐桌礼仪,曾经有人告诉我:"汤煮好了,汤锅直接端上桌就行了,为什么还要装到大汤碗?这样又要多洗一个碗。"这种观念也许在生活上很便利,但是很不雅观,家居生活不要怕麻烦,培养具有美感的饮食文化,也能增加生活的品位。

也有人说:"吃饭时间才有机会说话。"这实在不对。用

ACTION 82

用餐时边吃边说话,
飞沫传染的可能性相对提高。
有句禅话说"吃饭喝茶无不是禅",
吃饭也要专心、用心,
不要散心杂话。

餐时边吃边说话,飞沫传染的可能性相对提高。有句禅话说"吃饭喝茶无不是禅",吃饭也要专心、用心,总是不要散心杂话。所以,自身的卫生、家庭的卫生、餐桌上的卫生等等,都要很用心。

现在大家愈来愈知道卫生常识,也愈来愈了解细菌如何传染,所以饭前要洗手。另外,感冒咳嗽的人,尽量避免进出公共场所;在人群中,记得戴起口罩,要培养这样的好习惯。这个动作,除了保护自己不受人群中的病毒二度感染,当然也是爱护别人,避免把病毒或细菌带给别人,这就是自爱爱人。

人际之间的问候,也要保持适度的距离。一些欧美国家习惯拥抱式的问候,日本人见面则是相互九十度鞠躬。我想,我们也可以培养合掌或鞠躬的问候方式,既保持距离又不失礼节,减少近距离的接触,同样可以防疫。

新"食"器时代

我们一直在宣导环保,做资源回收、减少污染才能延长地球的生命。可是,现在有很多家庭经常不开伙,到外面买便当回家吃。吃完了饭,同时也产生纸盒、塑胶盒、保丽龙、竹筷子这些垃圾,可说是既浪费资源又污染环境。

有一次,大爱电视台到夜市去采访,记者问了一家使用保丽龙碗的小摊贩:"欧巴桑,你的摊位一天大概要使用多少碗?"欧巴桑回答:"大概八百多个。"想想看,一个小小的夜市摊位,一天就要用掉八百多个保丽龙碗,这些垃圾堆积起来的面积有多大呢?

如果不用这些免洗餐具,自己携带碗筷出门,用完后再带回家洗,不但保障饮食安全,同时也节省资源。所以我们

ACTION 83

若须在外饮食,
要记得自己携带碗筷出门,
用完后再带回家洗,
不但保障饮食安全,
也可减少纸盒、保丽龙、竹筷等垃圾。

应该大力推动人人尽量在家里用餐,若须在外饮食,也要记得携带环保碗筷和环保杯。若能如此,不仅是净化街道、保护地球,更重要的是净化了自己的心。

大家应该都要疼惜这块大地,这也是在疼惜自己。

100个疼惜地球的思考和行动

很希望自己到了最后那一天，
还能够有所用，
至少把身体奉献出来，
提供医疗教学。

大|体|环|保

… 100个疼惜地球的思考和行动

人体多元捐赠

人生，最后一口气吞下去就结束了，但往生之后躯壳要怎么处理呢？土葬好吗？其实，遗体放在棺材里会肿胀溃烂，又会长期被虫蚁侵噬，奇臭无比；至于火葬是不错，只是一把火化成一堆骨灰，那不是很可惜吗？

回想起筹建医院时期，虽然当年的科技尚未如今日般发达，但我已经开始提倡器官捐赠的观念——若身体已走到无法再使用的生命末端，可让部分功能尚存的器官，在别人身上继续发挥作用。因为器官捐赠不但能使许多人恢复健康，也等于拯救了许多家庭的幸福。

《佛本生经》中曾记载，佛陀因不忍一头母虎处在饥饿边缘、想食其中一只幼虎以周全自身与其他幼虎，因而舍身喂

THINKING 84

若身体已走到无法再使用的生命末端，
可让部分功能尚存的器官，
在别人身上继续发挥作用。
不但让往生后的身躯也能"做环保"，
更能彻底落实"资源回收"。

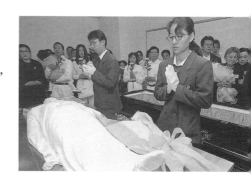

虎。这是佛陀于累世修行中的一段过程，既身为佛教徒，亦应学习佛陀发大愿、立大心，真正做到"头目髓脑悉施人"的慈悲境界。

人体多元捐赠不但能让往生后的身躯也能"做环保"，更能彻底落实"资源回收"。假如是我，很希望自己到了最后那一天还能够有所用，至少把身体奉献出来提供医疗教学。因为人生最苦莫过于病痛，病痛得以减轻、解除，是最令人感恩和欢喜的事，若医学教育能做得好，医疗技术就能提升，利益后人。

100个疼惜地球的思考和行动

只有使用权没有所有权

生命的构造非常奥秘，但是我常说，人对于自己的躯体，只有使用权，没有所有权，生、老、病、死是每个人不可避免的。生，已经来了；老，是很自然的事；死，更是每个人都逃不过。但是，其中最苦的是病啊！人在病痛中，医师若能诊断出病因，对症下药，病人很快就能恢复健康。假如医学生在学习阶段，对人体的认识有所缺漏，将来要医治病人就不免产生困难。

因此，要医病救人，医学生的教育及训练过程非常重要。所以，我在盖医院时开始推动器官捐赠；建立医学院时，又推动大体捐赠。

有位原住民*青年古先生因车祸意外往生，他们族里的

---

* 原住民：指在某地方较早定居的族群。——编者注

ACTION 85

生、老、病、死是每个人不可避免的。
生,已经来了;
老,是很自然的事;
死,更是每个人都逃不过。
但是,其中最苦的是病啊!

传统观念是往生者必须土葬,而且器官缺一不可。经过志工的辅导,古妈妈及其他家属虽舍不得孩子骤离,却毅然为孩子做了器官捐赠的决定。包括心、肾、肝、眼角膜等器官,至少救了六个人,骨骼则还能救数十个人!

健康时为苦难众生付出;生命终了,还可以将身躯奉献给医学研究。不论是器官捐赠,延续别人的生命,或是提供临床解剖及医学生的解剖学习,让准医师们了解病理,都是资源回收。

化无用为大用,成就生命大意义,即是"大舍"的精神。

身体最消福

　　人是由"地、水、火、风"四大假合所成。"地"是指身上坚质的东西，如：肉、骨、齿等；"水"是指身上的湿润物，如：泪、汗、血、尿等等体内的液体；"火"是身体的体温；"风"则是维持生存的呼吸。

　　四大有任何一样不调和，身体就会生病，病的终点就是死亡；死亡之后，四大又各自回归自然界——尸水流出归水，腐肉归土，热气退散归火，呼吸停止归风，可见身体的四大，到最后仍归于宇宙四大。这样说来，身体还有什么可执著的？四大一散，还有一个"我"吗？完全了不可得啊！

　　我们来到人间最消福的就是身体；要吃最好的、最营养的，要穿名牌才有派头，要睡舒服的床……由于迷失了正确

THINKING 86

来到人间最消福的就是身体；
由于迷失了正确的生活，
所以尽情消费，
然而，这个身体是否真正属于"我"呢？

的生活，迷信在自己的衣、食、住、行，所以就尽情消费，然而，这个身体是否真正属于"我"呢？

反观捐赠大体，让医学界多研究、多发现，将来才能成为所有人类的福音。很多人生病，被无情的病痛折磨得很痛苦；也有的人很年轻、或是很有才华，偏偏在事业有成的时候，必须面临病苦的折磨，死亡的挑战。

要提早发现病源，就要从教学开始。除了在医学生学习训练的环境中，提供他们有足够的资源做练习外，将来当医师后，他们还是需要不断的研究及探讨，因为人的身体真的很奥秘，这条探讨人体构造之路，还很长远！

真正的拥有

李鹤振居士在世的时候，有一天，精舍中午开饭时，他和太太站在走廊等我，我问："今天回来有什么事吗？"

他说："我得了胰腺癌，师父您不是说，身体只有使用权，没有所有权吗？我只剩下三个月的使用权，一口气吸不进来，就没有使用权了。我想，不如把使用权交给我们医学院的孩子做解剖。"他的语气及神情是那样豁达，像是在话家常一般。

当我出门行脚之前，带着他的荣董证到医院想亲自为他授证，但在病房里没看到人，医师、护士说他在交谊厅。到了那儿，只见李居士坐在椅子上，前面的地板上坐满了学生，我不想惊动他们，就站在远处听他对学生说话。

ACTION 87

到了最后一刻,
还能奉献遗体供医学研究,
发展未来的医理、药理,
才是对身体真正的拥有。

他说:"你们将来会成为医师,师父说,医师是大医王、是良医、是活佛。我要把我的身体交给你们,你们可以在我身上划几十刀、几百刀,但是将来千万不能在病人身上划错一刀。"我听了很震撼、很感动,也很敬佩!

当他撑得很辛苦时,医师建议做气切,但是动了刀就不能捐大体。他想:"我一定要留下完整的身躯交给我们的学生。"因此,虽然病魔不断折磨他,他还是忍着,只为了将一个完整的身躯留给学生。

至少,人死了,说不定我们的心还能留在别人心中;说不定我们的肝,还能留在别人的身体中;说不定,我们的手脚还留在别人的手脚上走好路、做好事。

所以,我认为当我能使用这个身体,能够付出的时刻,才是我的。甚至到了最后一刻,还能奉献遗体供医学研究,发展未来的医理、药理,我想,这才是对身体真正的拥有。

100个疼惜地球的思考和行动

对治心灵的良方,
就是"把握当下,恒持刹那",
该做的赶紧做,
该改的现在就改。

心 灵 环 保

100个疼惜地球的思考和行动

心地的水土保持

要环保大地,应先做好心灵环保。

人心与天地一样,也会有地、水、风、火四大不调的情形出现。人的脾气暴躁,怒气说来就来,如狂风助火燎原,这是"火大"和"风大"不调;"爱河千尺浪,苦海万丈波",欲心高涨似波涛,仿佛要将人灭顶,这是"水大"不调;轻易被别人的声色或言语所伤,心就像要崩溃,何异于走山及落石?这就是"地大"不调。所以不只大地有土石流,人的心中也会发生土石流。

每当自然界的天灾发生时,往往导致路断桥毁,土石滚落,险象环生,让人几乎没有路可走。人心的无明一起也是一样,将导致自己内心的山河大地,犹如山崩地裂一样。假

THINKING 88

不只大地有土石流,
人的心中也会发生土石流。
人心的无明一起,
将导致内心的山河大地,
犹如山崩地裂。

如一个人的心不满足——对现实不满、所求不得、觉得自己能力不足、爱与人计较;或者时时感到气愤、懊恼、悲伤、怨恨,这些感受让自己跟自己过不去,跟别人也过不去时,心灵就会生病,此即"心灵灾难"。

我们要好好经营自己的心地,并随时做好"水土保持",才不会造成心灵土石流。我常说"走路要轻,怕地会痛",既然走路怕地痛,当然也就怕别人的心会痛,所以除了顾好自己的一念心、不起无明乱流,我们还要把与他人之间的"大气层"调好,时常肤慰、拥抱他人,好好疼惜自己和周遭人的心,如此便能风调雨顺。

对治心灵灾难的良方就是"把握当下,恒持刹那"。该做的赶紧做,该改的现在就改,并且坚持好心念,坏的念头就不会不断复制。

四季不分明

　　自然万物一定要调和，调和就是健康，调和就是平安。气候调和，四季分明，在台湾，冷的时候冷，春天凉爽，秋天会有秋老虎，夏天就是热，这才是自然的气候。

　　人人皆生活在大自然的境界中，寒与热我们都得接受，万物能依四季循环生灭，就是最好的时候。蔬果生长皆依节令，春天有春天的蔬果，如果是夏天，就有荔枝、芒果，到了秋天就有莲雾，青菜水果皆有季节性，在这四季中都很分明。

　　可是现在呢？已经不必等到什么季节盛产什么果蔬，生活中春、夏、秋、冬都混在一起，不分明了，这真的是不调和。

　　人类想尽办法挑战大自然，种植不再顾虑四季，而自然的气候循环也开始冲破节令，带给人类措手不及的震撼。在

THINKING 89

人人皆生活在大自然的境界中,
寒与热我们都得接受,
万物能依四季循环生灭,
就是最好的时候。

台湾,从前台风来袭前,大家会担心狂风豪雨成灾,再来开始出现严重的土石流,现在竟然不必等到台风来,只要下一场大雨就能造成严重灾情。

所以,我都一直要说:"来不及,来不及了!"来不及了,要怎么办呢?大家真正要戒慎虔诚,提高警觉。从前的人不也说"举头三尺有神祇",如果常常用祝福的心,彼此说好话,善的声波共振,一定能上达诸佛诸天听,来护佑地球万物。

脾气影响天气

在静坐中,聆听外面滴滴答答的雨声,听起来特别的清凉。夏季气候实在很热,加上到处都害怕缺水,很多水库看到水位一直下降,水公司也不断提出警告:再多久不下雨,民生用水就要限制。用水如果限制,都市里的人生活就辛苦了。

四季如果能该冷的时候冷,该热的时候热,该是雨期的时候有雨,若能如此,天地万物与人的生活就能很安然。但是现在的气候已经反常了。新闻报导在美国拉斯维加斯,平时叫做赌城,那里是个沙漠地带,但是气候反常,竟然连续下豪大雨,变成一片汪洋。很多人爬到屋顶上,还有被水泡着的房子,也有很多破损。

做人实在很辛苦,缺的时候很需要,但是过度又怕会有

THINKING 90

天气是大乾坤,人的脾气是小乾坤,
很多人脾气不好,就会造成天气异常。
修行就是要修脾气,
心态能调和,脾气就会温和。

所损害。大家既想要水又很怕水,就是这样的心理。现今的气候反常,雨一下是下个不停,若没有雨的时候,就一直发生干旱,这叫做水大不调。

大乾坤有天气不调和,人也有脾气不调和。人若发起脾气来,像是发水灾,身家财产全部淹个精光,或是脾气一发作,好像是火烧功德林,大片美丽的树林也烧光了。

天气是大乾坤,人的脾气是小乾坤,虽然是小乾坤,人的脾气不好,很多人聚合起来,就会共业变成了大乾坤的天气异常。所以天地有天气,人有脾气,假如心态不调和,脾气就很暴躁;天热的时候很令人焦躁,人在发脾气的时候,则像烈火攻心。所以修行要修什么呢?要修脾气,心态能调和,脾气就温和了。

心灵的灾难,就是因为人人彼此之间,我生你的气,你生我的气,彼此互相发脾气,这样的心就是没有调好。心气没有调好,天气怎么能调得好呢?所以,我们要保护大地,也要调好我们的心气。

净心灭五毒

佛陀说："心、佛、众生,三无差别。"其实,人人的心本是一片清净,只是在后天的环境里遭遇种种人、事、物的染着,使得原本清净的本性受到污染,让心念起了那份邪妄思维,所以缘着外境就生起贪、瞋、痴、慢、疑五种烦恼。

"贪",人都会有贪念,心起贪念就会感到"有一缺九"。例如有一千元,就希望能再有九千好凑足一万;有了一万后,又希望再赚九万,来凑成十万。这种永远欠缺的心,要到何时才能填满呢?有的人即是因为心中有贪,而一生劳劳碌碌忙于追求;或因一念贪心起,而引导身行造下恶业。

"瞋",就是爱发脾气。动不动就生气的人,容易与人发生摩擦和对立,因而产生人际问题;有了问题,烦恼即生,久

THINKING 91

推动大地环保、身体环保,
必须从心做起,
心灵先无贪、无瞋、无痴、无慢、无疑,
人与人之间才能合群互助。

而久之,和家人、朋友及社会难以相合,这种处处与人合不来的人生多痛苦。人,总是在不明道理的时候,容易发脾气,产生瞋怒心,所以,平时就要把心调得平和,才不会动不动就发脾气。

"痴",有的人来到世间,被人、事、物和意念左右,而迷失了人生方向,这就是"痴"！报纸曾刊登一位富有的商人,为一对有钻石眼的猫举办结婚典礼,总共花费八万多美金。然而同时间,该国发生了一场严重的水灾,数千名灾民无家可归,粮食断绝,当地慈济人马上准备几千人的食物前往救援,花费约两万美金。我常说"人生只有使用权,没有所有权",钱要如何使用？人应该从事什么样的工作？如何发挥人生的良能？这都需要运用智慧做选择。

"慢"就是骄傲。其实,人性平等,有什么好骄傲的呢？有些人拥有让人羡慕的高学历,但只将能力运用在专业或知识上,此即欠缺了"智慧良能",只有"知识功能",如此对人生并没有多大帮助。

"良能"对人生绝对有益,"功能"有时对人生则有害。有人说"智慧型犯罪",我常更正说:"不应说是'智慧型犯罪',智慧是最清净的良能,应该叫做'聪明型的犯罪'。"如果真有智慧,有自知之明,就不会做出超越自己本分的事;只依凭"知识聪明",有时反而会做出损害人的事。

"疑"就是人与人之间相互不信任,你不信任别人,别人也不能信任你。心中有疑时,就会被假相蒙蔽、被幻相迷惑,时时怀疑别人要伤害自己,因而产生防卫的心态。

例如二〇〇四年八月一日,巴拉圭首都亚松森市郊一间超级市场,突然发生大火。超市负责人因为怕有人趁火打劫,心念一动,就把逃生门都封起来,只留一个逃生出口,结果造成两百多人丧生。为什么他会有这样的心念?就是五毒中的疑心在这时候生起。其实,这么危险的时候会有人打劫吗?就算有也无需在意,因为保住大家的生命最重要。

有句话说"用佛心看人,人人皆佛",我们心中要时时恒记"普天三无"——普天之下,无我不爱的人,无我不信任的人,无我不原谅的人。你要去爱他,何必去疑他呢?我们不只要付出爱心,对人也要有信心。

推动大地环保、身体环保,必须从心做起,心灵要先做到环保——无贪、无瞋、无痴、无慢、无疑,人与人才能合群互助。用全方位的环保观念面对我们的生活,这样的人生,永远都是富有的。

五浊恶世

贪瞋痴慢疑五毒,让心地四大不调;五浊,则会导致天地四大不调。

《阿弥陀经》中所说的"五浊",即是劫浊、见浊、烦恼浊、众生浊、命浊。当五浊充塞世间,就会导致人心不和、社会混乱、国际多纷争。当举世多灾多难,此即佛经所谓的"末法时代"、"五浊恶世"。

人心有了"五毒"烦恼,就无法透彻道理,遇到挫折看不开,遇到好事也不会响应,善心覆蔽、恶念炽盛,这就是"浊"。

"劫浊",意为时间流转所造成的变动。例如从农业社会进入工商业社会后,时间促成科技进步,却也拉远了人心的

THINKING 92

《阿弥陀经》中所说的"五浊",
即劫浊、见浊、烦恼浊、众生浊、命浊。
当五浊充塞世间,
就会导致人心不和,社会混乱,
国际多纷争。

距离,人性真诚亲切的爱变得淡薄,这就是劫浊。

"见浊",这是因成见、偏见所引起的纷争。人与人之间为了私我的利益,往往见解不合,就容易起冲突,甚至彼此对立,从小而大,从个人之争到国家种族的对立,都是因为缺乏正信的见解,而使得人心及社会失去平衡。

"烦恼浊",因见解偏差,以致事事不如意,而引来无明,贪、瞋、痴烦恼覆心。有的人稍遇不顺意之事,就立刻发怒或翻脸;如此,非但无法解决问题,反而作茧自缚不得解脱,自害更加害人。

"众生浊",与人相处时起分别心——分别喜欢或不喜欢,人人心灵有了偏差、污染,这就是众生浊。其实喜欢或不喜欢都是一种执著,有执著就有烦恼,执著不断,烦恼就不会平息。

"命浊",佛陀说人有"分段生死"(前世、今生、来世不断轮回),在"分段生死"的寿命中,虽有生、老、病、死的变异,但慧命却是无始无终;一般人称它为"灵魂",觉悟之后就叫"慧命"。人生在世,如果不能把握生命的良能以增长慧命,就只能在生命浊流中不断挣扎,这就是命浊。

当浊气愈来愈重,人的纷争也愈来愈多,世间就愈动荡不安,生命无所保障。

五浊起于心念,假使灵明的心镜蒙上垢秽,烦恼不尽,种种困难就会如影随形。佛陀说人生有八万四千烦恼,每种烦恼都是一个难关,而这种困难即起于人心不平。"修行",就是为了去除这些烦恼和习气,恢复清净的本性。

若能去除习气,将自我的生命净化,就没有"命浊"。净化自己之后也净化他人,不与人结党营私,而与人人结平等善缘,自然处众无碍,就没有"众生浊";如此,人人是好人,事事无纷争,时时都感恩,就没有人事纷扰的"烦恼浊"。既然去除无明、"烦恼浊",就不会执著己见而排斥异己,无有"见浊"。因为你的意见就是我的意见,大家相处合心、互爱,彼此都能相互配合,每一时间都在互增道业,当然也就不为"劫浊"所困,并能生生世世精进于菩萨道路。

所以我常常勉励慈济人要"合心、和气、互爱、协力",即是运用团队潜移默化的力量,来修正自我的不圆满,提携彼此的精进心,进而影响整个社会。如果社会人人能身体力行善心、善念、善行,社会一定能祥和,天下平安,化五浊恶世为人间净土的期待,将不是美梦。

感恩祝福消灾祸

说起来，人间的生活有没有钱在其次，日子过得平安才是福。我常常说，天灾是出于人祸。有的地方因为一场战争亲人离散，孩子失去了父母，五岁的哥哥只好背着三岁的妹妹，在冰天雪地中求生。如果不是战争，这些孩子应该都是父母亲的怀中宝，现今却得独自面对严苛的人生。

一场战争使老、中、青、幼年者皆尝尽了苦头，受尽了苦难，他们的希望到底在哪里？即使战争结束，破碎的家园百废待举，受苦受难的人民，不知什么时候才能重建家园，家人重聚；何况战后紧张的气氛一触即发，人命依然脆弱不安。

看到他们，想到自己，我们实在很幸福。幸福之故，大家更要时时调伏自己的心，人人用感恩心、用爱心感恩过去，感

THINKING 93

过年时大家都说恭喜、祝福,
若能日日用那种气氛来说好话,
每天都是过新年。
我们要时时发好愿,
发好愿就有福。

恩周围的每个人,感恩在日常生活中庸庸碌碌的人,感恩社会中提供我们生活的人。有的人会觉得生活都是靠自己,跟别人有什么关系?其实都有关系,衣食住行,无不都是仰赖各行各业的人付出方能齐备!

希望全球的人,尤其是在台湾,慈济人能向每一个角落呼吁"说好话、做好事、发好愿",若能这样做,社会自然就能祥和;社会祥和,家庭就有福;家庭有福、社会祥和,天下就无灾难,这是我们年年的愿望。

每个家庭要共同发这样的愿,说好话,凡事都要自我祝福。过年时大家都说恭喜、祝福,若能日日用那种气氛来说好话,每天都是过新年。我们要时时发好愿,发好愿就有福,人云:举头三尺有神祇,你心动了,一念的好念,就是一分福。除此之外,还要做好事,这样一定有好福气。

希望大家用心,共同发好愿,在这个人间走好路。

三不求

这几年来,我不断的说:"来不及、来不及!"那种来不及的感觉很强烈,好像会发生很大的事,而且没有力量能够阻止,但那到底是什么?我并不确知。直到那一天,二〇〇三年三月二十日,美伊战争正式开打的消息传来。

战争,将导致多少生灵涂炭、多少家破人亡?看看那些发生饥馑的地区,有的是因为天灾,如长期干旱使谷物绝收,然而大部分都是因为人祸造成的,不是国与国之间战争不休,就是自家内战不止,使得农作荒废,民不聊生,看到那些妇幼饥饿的凄惨景象,其情甚是堪怜。

佛经上所说的"小三灾",即是战争、瘟疫、饥馑。这三灾同时并行,我却是挡不住它啊!怎不令人忧心。

THINKING 94

不求身体健康,只求精神敏睿;
不求事事如意,只求毅力勇气;
不求减轻责任,只求增加力量!

　　众生心灵的灾难汇聚成浊流,如汹涌的波涛一般,而清流太微细了,来不及灌注。放眼天下,灾难如此之多,更感觉自己的渺小,不知何时才能真正将"净化人心"的声音,很彻底的散播到每一个角落,让每个人都能听到,将人人本有的那颗爱心启发出来?

　　期待人心净化、社会祥和、天下无灾难,这是我创立慈济近五十年来,年年不变的心愿。因为人心一定要先净化,这世间的纷争才会止息。

　　我常说我有三不求:不求身体健康,只求精神敏睿;不求事事如意,只求毅力勇气;不求减轻责任,只求增加力量!净化人心是如来家业,虽然担子很重,我们不能逃避这份责任,必得提起勇气克服困难,才能达到净化人心的目标。

超级心灵飓风

　　什么原因导致"温室效应"加剧，就是地球这个宇宙里的大空间，因为空气污染造成大气隔绝，地球上的热度无法发散到高空；另一方面臭氧层破洞，太阳光直射地球，更加深热度，以致全球平均温度逐年升高，四季也因此乱了序。

　　有的地方缺水干旱，有的地方雨量过剩，甚至在同一个地方，时而久旱不雨，一下雨却又泛滥成灾；于是各地天灾接踵而至，甚至有科学家提出研究报告，未来的地球，天灾会逐渐变成常态，而且强度更形极端。

　　例如二〇〇五年重创美国南部各州的卡特里娜飓风，便是历史罕见的"超级完美飓风"，措手不及之下，令飓风行经路线上的土地，付出了惨痛伤亡与财产损失。

THINKING 95

飓风的形成在海面上,
人的心中则有一片欲海。
"爱河千尺浪,苦海万丈波",
人心种种不净的念头纠缠,
就是心灵的巨大气旋。

究竟超级飓风和温室效应有什么连带关系,我们可以来做个实验。倒一杯热水,把手放在杯子上方,一会儿之后我们的手就湿了,这叫做蒸汽遇冷凝结;温度高的水汽密度低,往上升,遇到温度较冷的手掌开始降温凝结,结成水滴沾附在手掌表面,所以我们的手就湿了。

同样的原理运用在飓风的形成,因为温室效应造成海洋表面温度高、蒸汽多,热空气上升,冷空气下降,冷热气流对流旺盛,容易形成强大气团,加上地球自转的动力,即造就热气气旋,也就是所谓的飓风或台风。

这种飓风造成的伤害,实在很令人惊恐,之所以加重它的破坏,温室效应是一大元凶。然而,天地大气间有温室效应加剧,人心则有"心室效应";飓风的形成在海面上,人的心中则有一片欲海。

有句话说,"爱河千尺浪,苦海万丈波",指的就是人人心中的欲海,纠缠了贪心、瞋怨、愚痴、我慢、猜疑种种不净的念头,以致人与人之间冲突不断,争端不休,这就是心灵的巨大气旋,总是一发不可收拾。

心灵的浊气就像温室效应一样,和我们心里无边的欲海互相接触,结合在一起,就造成了心灵灾难。近几年,台湾动不动有严重的土石流灾情,我们自己的内心,同样有这种山河变调的动乱,一念无明生起,后果就像山崩地裂一样。

一个人爱发脾气、常常火气大,可以算是火大不调;爱河千尺浪,则是心欲之流水大不调。这种水大不调,会影响到地大不调,从心理影响到我们的身体,造成自己的身心疾病,或是和他人的对立冲突。

心灵的浊气不净化,恶业就会不断产生。一个人无明,两个人无明,无明与无明碰在一起,人与人之间就会对立、相争。两个人打架,打起来,第三个人去做和事佬,调解不成也打在一起,哪还能不一片混乱;这是人与人之间,如果是整个社会人心充满无明,那就更严重了,社会一片黑,到时候,连善良的人日子都难过。

现在的社会,因为人类心灵的无明,已经一塌糊涂,就如山河大地遭受破坏,人心也已经崩坏成一片灾区,什么都乱掉了,再也没有路可走。

未来,我们的社会该如何走下去呢?这是一个很严肃很重要,却不知何时才能受到普遍重视的问题。

每个人心中，
都有一颗完整的地球，
当心被无明染着，
心中的地球也会毁伤、破碎。

破碎的地球

佛陀洒净图

有一天,慈济美国总会的执行长回来报告:慈济已加入联合国的人道精神团体(编按:二〇一〇年,成为联合国经济社会理事会非政府组织的特殊咨询委员)。在他播放的幻灯片中,有张在联合国大厦前拍的照片,是一颗破碎的地球模型。

他说:"地球已经受到很严重的破坏,人类生命也因此面临极大的威胁;所以,联合国用这颗破碎的地球来警惕世人,要珍惜地球。"

这让我想到"佛陀洒净图"。花莲静思堂要兴建时,要描绘一幅佛陀的画像,环保、垃圾问题,再加上温室效应、全球暖化,使得地球不断受毁伤,我希望有作品能更凸显佛陀透彻的精神面,如实的呈现出来。

THINKING 96

佛陀肤慰、净化地球,
与因人类破坏而毁伤的那颗破碎地球,
恰好是对比——
爱与恶,本来就是在拔河。

后来我请画家唐晖试试看:"要画一个现代的佛像,不是古代的佛像。佛陀来娑婆世界除了救度众生,也爱护天地万物,你可以画一尊站在宇宙中的佛陀,正肤慰、净化着地球。"

人心本有自性佛,而每个人心中也有一颗完整的地球,当心被无明染著,心中的地球也会因此毁伤、破碎。所以佛陀来回世间度化人心,因为唯有启发人人本来清净觉悟的自性,引导人人发挥爱心才能呵护地球。

后来唐晖所画的"佛陀洒净图",不仅呈现出佛陀肤慰地球,同时也洒净地球;而佛陀身后隐约还有无数尊佛,此即"十方诸佛归于一佛,一佛分身可到十方世界",意即遍布在无限国土里的千百亿尊佛,都有共同的精神理念,皆怀有一念慈悲喜舍之心。但因为精神理念是看不到的心境,所以用隐约的诸佛形影来表现。

当我看到美国慈济人拍回来的幻灯片,心想:佛陀肤慰、净化地球,和因人类破坏而毁伤的那颗破碎地球,恰好是对比——爱与恶,本来就是在拔河。

善恶拔河

净土和极乐世界在哪里？离心之外无净土。一切环境都是心所创造，一切清净、无染的爱，也是心所创造。佛经上说，在净土国度，莲花化生，这是以莲花化生来表示没有污染的身体，没有污染的心灵。只要身心无污染，即使出于淤泥，也不受淤泥所污染；只要心中有清净的大爱，当下就是净土。

起一念好心，就是一颗善的种子；起一念恶念，就是一颗恶的种子，善与恶的种子都藏在八识田中。凡夫心大部分都是善恶杂糅，在起心动念间与善恶拔河，其实是谁和谁在拔河？是自己和自己。

人可以往恶的方向走，也可以往善的方向努力，都只存乎一念。如果，人的每一念心都是从爱出发，这个地球就会

THINKING 97

人要往恶的方向或善的方向走，
都只存乎一念。
若人人都有为善造福的心，
福的气流愈来愈大，
才能破除恶业的效应。

变得很美好。心存善念，才能结好缘，所以要分秒不空过，善念不间断，这份善念绝对不能被分秒的时间中断。好事要日日做，透过做好事的过程来保护这份善念不间断。

善恶在拔河，祸福也在拔河。为恶就是造灾殃，为善就是造福，两边拔河较劲，我们当然要努力增加为善造福的力量。该怎么做呢？带动我们的邻里，并且净化自己的心，再用这份清流去净化别人的心地；佛陀度化人间、肤慰地球的精神，无不就是希望人心与地球都能净如琉璃。

若人人都有为善造福的心，福的气流就愈来愈大，才能破除恶业的效应。唯有加速净化人心的脚步，凝聚善的力量，增强善的气流，才能推开恶的气流；以爱的力量，创造爱的气象，重建人性最美、最清净的美好境界！

心都空掉了

二〇〇四年年底,南亚大地震所引发的灾情,实在令人忧心到无法用言语形容。众生共业啊!恶的共业不断汇聚,以致灾难频繁;然而,这种宇宙间深沉的道理,没有人要去理解它,只停留在表面的检讨;没有人知道,此时此刻应该做的,是要真正提起疼惜和肤慰的心。因为人心的乱流滞碍,天地就难以放晴,而地球所受的毁伤,已经到了快要不能负荷的地步了。

现在需要的,是有"肤慰地球"这份精神的觉者;就如佛陀,自觉觉他,觉行圆满。十多年来,我不就是一直在呼吁众人应该"觉醒"了吗?

南亚灾难所带给我的忧虑,是担忧到整个心"空"掉了。

THINKING 98

当时,那种震荡与悲恸,
不止让心有空掉的感觉,
甚至连眼睛都干涸,没有眼泪了,
因为再也流不出来,心都空了。

这样的心情,这辈子出现过三次。

第一次是在出家之前,父亲往生时,我感觉整个心都空掉了,不知道自己到底要做些什么?只是一直问自己:我的心里怎么不会担忧?怎么哭不出来?我的心怎么空空的?好像不知道什么是悲伤。

一直到了七天后,才流下眼泪,接着眼泪就难以停下来,无论看到什么都出现父亲的影像。后来我心里想:人死了之后,到底会去哪里?什么人去地狱?什么人去天堂?于是我骑着脚踏车去丰原寺找妙广法师,当时我开口就问:"我父亲现在在哪里?"法师没说什么,只拿了一本书让我回去读。

我从头到尾不断翻阅,不知道看了多少遍。书中所要阐述的道理,就是世间的无常;人生终究难免一死,每个人终有一天都会离开世间。从那之后,我的心对无常的感受特别深刻。

那是第一次,感受到我的心被掏空。第二次,就是台湾九·二一大地震。当时,那种震荡与悲恸,不止让心有空掉的感觉,甚至连我的眼睛都干涸,没有眼泪了,因为再也流不出来,心都空了。一直到现在,这种干眼症没有好过。

第三次,就是南亚大地震。从发生的那一天开始,我有时要说些什么,要反应些什么,会有些停顿,不知道自己应该要说什么!那时候我特别想起在二〇〇二年岁末时,有人问我:"师父,您为什么看起来那么忧愁?"我也不知道到底怎么了,为什么会让人家看起来很忧愁的样子,结果第二天,就传来伊朗大地震的消息。

从那一天开始,我告诉自己,不能再忧愁;就算有忧愁,也要露出笑容。

但是,南亚大地震发生后,很难描述我的心情,心头上的那种空,可能没有人能够理解,这种心情,是这一生的第三次了。只是一个地震啊!却波及那么多人,那么多地区……

斯里兰卡的形状像瓠瓜,台湾岛则像番薯,两者都是四面环海的岛屿,只是台湾略小。当地的灾情如此惨重,假如这波灾难发生在台湾呢?还能剩下什么?所以人与人之间啊!不要再争了!像这样的天灾一来,就几乎什么都没有了。

清流破浊流

　　我常说宇宙如大乾坤，人心是小乾坤；大乾坤有温室效应，小乾坤也有"心室效应"。天地间的"五浊"形成了温室效应，每一个人内心的"五毒"则形成心室效应，当这两股气相互会合、互相牵扯，就形成业力的恶气流。这样的气流将会产生很大的力量，甚至可以影响到大乾坤的自然现象。

　　例如台风自海面形成，海上的气压、气流等条件会影响其行进方向。台风的形成肇因于细如浮萍的小气旋，在海面上积聚愈来愈多的水分，走得愈慢，这股气就愈来愈强大；如有因缘让周遭强盛的气流减弱，台风自然就能转向。

　　此因缘就是"戒慎虔诚"，要有非常多人的心力凝聚在一起，人人忏悔，生惭愧之心，才能去除内心的无明，就有可能

THINKING 99

众生的业力是一股气，
要将善业和福业合起来，
这股气流即是清流，
只要清流之力强大，
就能够冲破浊流。

成为台风转向的助缘。但人人的心室若聚合贪、瞋、痴、慢、疑五毒，汇聚而成的心室效应就形成巨大的浊气，此即佛法所说的"业力"。众生浊重，业力的气压或气流旺盛，就会牵引大自然的恶气流。

这是因为天理及心理息息相关，"温室效应"加剧造成天地灾变，其实根源在于人的"心力效应"。因为众生的业力是一股气，我们要将善业和福业合起来，形成一股气流，这股气流即是清流，只要清流之力强大，就能够冲破浊流。因此若要改变气候，就要先改变人心。

心中无私，为人群付出的人生，就会是一片祥和的净土。所以，我们不只要净化自己的心，还要去募集大家的心；当众人一起合心、协力，来为社会人群付出，这就是最美的社会。

净化人心弭灾难

在这世间,无论好或坏,因缘都源起于众生,现在这样的时代很令人担心,唯有一样可以化解,就是净化人心。

要消弭灾难,就要从净化人心开始;要净化人心,就要先从自己做起。从个人到家庭再到社会,若能如此不断推广出去,好的心念形成清净的气流,清净的气流汇聚成为善的力量,这一股心的力量就能将善的福业凝聚起来。有人问:到底如何才能够让人间增加福力呢?关键就在于人人的一念心。

一般人都说"命运",但我却说"运命"。这个"运"字,指的就是一股气。这股气,看不到也摸不到,但是很自然地,就有一股力量会吸引你。我们平时在做的当中,起心动念无不是在运作这股气,人人如果都发好念,大家又把好念会合

THINKING 100

当今地球已被破坏到不堪一击，
真是"无法"可想了，
唯剩"心法"可用，
期待人人对大地付出爱与关怀，
众生才能平安生存在地球上。

在一起，就能产生一股好的力量。

例如环保，就是因为大家都有同一个心念——疼惜地球。这分共同的心念合起来，就形成一股好的气流，产生好的运作。

只要能启发心中这一份爱心，就能感动人；整体的感人，就能感动天地诸佛。每次一想到穷困、饥饿、战争、瘟疫，心情都好沉重；但每次看到慈济人虔诚的以爱来祈祷，在全球各地无所求的付出，就让我增添一份的信心和力量。但愿我们爱的声波嘹亮，遍满虚空，消弭浊气。

用善的"心室效应"来化解"温室效应"，唯有心灵灾难消除，天地灾变才能歇止。

惊世的灾难，一定要有警世的觉悟！

当今地球几乎已被人们破坏到不堪一击，真是"无法"可想了！唯剩"心法"可用——期待人心转恶为善，对人、对大地付出爱与关怀，众生才能平安生存在地球上。

100个疼惜地球的思考和行动

附录

附录一

静思精舍做环保

● 取诸大地，还诸大地

果皮菜叶均回收，经"发酵机"处理后，制成有机肥，供给土壤营养，因此精舍的菜园不喷洒农药，并以天然养分滋养菜苗。

● 废物再利用

精舍早期煮食用的柴火，捡拾自山中的木块、木材行的废料、油行的花生壳、米店的糟糠等；近年来，除来自废纸场、木材行的废料、建筑工地的旧板模，还有环保志工回收的废弃木箱等，这些原本要被丢弃的"垃圾"，都在志工细心的整理下，成为大灶的柴火，发挥物命最后的良能。

● **天然洗衣机**

人人用手清洗衣服,节省能源。并且选择污染较少的洗洁剂,可降低化学品的使用率,减少水源污染。

● **大自然冷清机**

除了电脑器材等相关仪器,必须靠冷气来维持一定室温之外,其他地方仅用电风扇来驱走溽暑,降低使用冷气的几率,就能减少排放热气。

● **区间车**

往返于慈济医院、车站等地。有事的人即可一起出门,减少车辆的使用次数,节省能源并可减少空气污染。

● 办公室环保

纸张使用时，需正反面都利用；传真资料必裁减至最小范围，以减少传真纸张的消耗；文书用具也以重复使用为原则，例如：多用回纹针少用订书机，除非外寄邮件，必须用新信封较为礼貌，否则信封必用到破损方才舍弃。

● 福慧笔记本

内页是功德款收据裁切剩余的纸头，封面是爱洒人间小卡裁切纸的再生；上面画龙点睛的火红枫叶，来自福慧红包镂空图案余下来的小纸片；上面的《静思语》文字，是常住师父以毛笔逐字写成，不同的静思语，希望带给获赠者不同的心灵体悟；最后的护膜，也是利用静思堂文宣海报剩余的护贝材料制成。

● **力行垃圾分类**

　　区分为不可回收、塑胶、宝特瓶、铁类、铝类、铝箔、玻璃、纸类、废电池……等类别，以身作则，带动垃圾分类、回收。

附录二

落实环保建筑

当人类开始意识到——再不阻止破坏,地球将岌岌可危时,许多环保理念相继被提出,在建筑上则包括绿建筑(Green Building)、生态建筑(Ecology Architecture)、永续建筑(Sustainable Architecture),其最终目标都是希望能消耗最少的资源、不破坏当地环境,在使用土地的同时也能照顾环境,将对地球的伤害降到最低。

在慈济,不论是兴建医院或学校等建筑工程,均以落实环保建筑为前提。

● **热泵热水设备**

鉴于传统蒸汽锅炉使用煤油燃烧,不但潜藏爆炸的危险性，也会排放二氧化碳，因此采用热泵吸收周围环境热源来制造热水，可回收空气中的热能和太阳热能，也没有爆炸之虞和排放二氧化碳的坏处。装置热泵系统费用虽然较高，但能节省近四分之一的能量。

● 透水沟

即原本为混凝土之沟渠底部，改以卵石排列，等到下雨时，一部分雨水可渗透至地下，一方面也减缓排水沟水量之负荷。

● 连锁砖

一般路面通常都使用黑色沥青混凝土，一九九九年，慈济为九·二一大地震的灾民兴建大爱屋时，尝试使用工字形连锁砖铺设地面，原理在避免水泥及柏油封住地面，改用可让雨水渗入地下的连锁砖，让土地维持排水、散热的功能，并让大地有呼吸的空间。

● 生态池

二〇〇二年四月,台中慈济志业园区动土,由于邻近农田,为符合未来污水回收处理的排放高标准,发展出结合园区生态环境的生态池——利用湿地本身水、土壤、水生植物的去污染机制,将污水中的悬浮固体、油脂、重金属等去除或转换,不但可节省能源,达到水质净化的标准,且无二次污染,又可以成为野生动植物之栖息地,是一个不破坏生态的绿色环保技术。

● 太阳能路灯照明

一九九九年,开始研发将太阳能转换为电能,并测试风力与太阳能集热板、单独太阳能集热板以及LED灯具三款,在持续八个月的观察后,于二〇〇二年,全面采用耗能低的

LED灯泡进行太阳能路灯设置,效果卓著。

● 省电设备

将灯具的传统安定器改为电流稳定的电子式安定器,以及镜面反射铝板灯具,提升照明效率,每年减少十七万千瓦以上的电量。

● 节省水资源

有雨水回收系统及厕所二段式省水马桶。

例如花莲慈济医学中心利用屋顶倾斜的楼面,以雨水沟、雨水管收集雨水,经过简单的沉淀、过滤后储存,主要作为浇灌花木之用,平均每年可节省三百五十公吨水量;而藉由楼层的高低差,让雨水由高处流至低处,将位能转化为动能,一年则可省下将近两百千瓦的电量。

慈济基金会营建处表示:"台湾的水费低廉,大部分的人从金钱的角度考量,不一定愿意做;但是从保护地球、环保的角度来看,我们愿意去做!"

● 医疗影像传输系统(PACS)

透过网络传输医疗影像,全院不冲洗影像如X光片等,不仅提升看诊品质,缩短等候时间,也顾及环保。

● 公文电子化

不使用纸张,将公文通过电子信箱传送,大量减少纸张用量。

● 获奖肯定

除了以上的软硬体设备,其他还有自然通风采光,地下室防潮,噪音防治等等。

这些环保建筑设施,无不都是慈济努力的成果,为追随

证严上人疼惜地球之环保理念,也为守护地球尽最大的努力,并因此荣获多项的肯定:

花莲慈济医学中心

  二〇〇二年荣获节约能源杰出奖

慈济大学实验国民小学

  二〇〇三年荣获"经济部水资源水利署""节约用水绩优单位"

台中潭子慈济志业园区工程

  二〇〇三年荣获"环保署"表扬全台环保优良营建工地中的特优奖

慈济技术学院

  二〇〇三年荣获"经济部"节约能源绩优厂商优等奖

大林慈济医院

  二〇〇四年荣获节约能源杰出奖、"二〇〇三年度事业废弃物、资源减量回收再利用绩效优良奖"、"全台医疗废弃

物清理及资源减量回收再利用绩效优良竞赛"特优奖

慈济大学

二〇〇五年荣获"经济部"节约能源绩优厂商杰出奖

图书在版编目(CIP)数据

与地球共生息:100个疼惜地球的思考和行动/释证严著. —2版(修订版).
—上海:复旦大学出版社,2012.7(2020.10重印)
(证严上人著作·静思法脉丛书)
ISBN 978-7-309-08633-1

Ⅰ.与… Ⅱ.释… Ⅲ.随笔-作品集-中国-当代 Ⅳ.I267.1

中国版本图书馆 CIP 数据核字(2011)第 250454 号

慈济全球信息网:http://www.tzuchi.org.tw/
静思书轩网址:http://www.jingsi.com.tw/
苏州静思书轩:http://www.jingsi.js.cn/

原版权所有者:静思人文志业股份有限公司授权复旦大学出版社出版发行简体字版

与地球共生息:100个疼惜地球的思考和行动
释证严 著
责任编辑/邵 丹

复旦大学出版社有限公司出版发行
上海市国权路 579 号 邮编:200433
网址:fupnet@fudanpress.com http://www.fudanpress.com
门市零售:86-21-65102580 团体订购:86-21-65104505
外埠邮购:86-21-65642846 出版部电话:86-21-65642845
上海崇明裕安印刷厂

开本 890×1240 1/32 印张 9.5 字数 117 千
2020 年 10 月第 2 版第 5 次印刷
印数 16 401—19 500

ISBN 978-7-309-08633-1/I·659
定价:28.00 元

如有印装质量问题,请向复旦大学出版社有限公司出版部调换。
版权所有 侵权必究